**3am.talk** 著
Taipei, Taiwan

是我未經允許

就

喜歡了你

 9,213 likes

#長路 #鏡花 #烈焰 #人生 #輪迴

序
愛情的輪迴，不曾暫停

愛的道理，有誰能說的清？
千個世人眼中，便有千種風景。
千個世人心中，便有千般風情。

航行在愛情的長河上，總有波濤洶湧，也總會風平浪靜。
每次港口短暫的停靠，也是在開始下次的遠行。
愛情的輪迴，在人生的過程中，不曾安定。

生活在愛情的四季中，總有春意盎然，也總會飛絮飄零。
每個燥熱難耐的夏天，也是要經歷多日的霜冰。
愛情的輪迴，在人生的道路上，不曾暫停。

然而哪怕看過與走過再多，
這四季輪迴的旅途，
他依然能輕鬆地操控我們的心情。
爲他喜，亦爲他怒；爲他哀，亦爲他樂。
只因愛情，是他的姓名。
而這些心口的騷動，或許也是我們活著的證明。

天氣或愛情，總有一個陰晴不定。
這本書，獻給你心裡每一幅很想擁有的風景。
祝天晴。

對不起。

是我未經允許就喜歡了你。

輯1

10P.M.── 情似長路

我們總以為很了解自己和對方的需求，等到失去對方的那一刻，才發現根本辨別不清感情中每一絲微小的情緒和感覺。到頭來我們高估了自己、誤會了對方，才會釀成一部叫「不愛」的悲劇。

所以趁單身的時候、趁自己的心房還沒被誰占據的時候，不如先用理智來分析和認識「愛」的真面目。

**3am.talk**
Kyoto, Japan

10:02
Monday, 18 January

MESSAGE now
3am.talk
如果你說 你不知道愛是什麼

♥ **9,213 likes**
#失落　#吃虧　#什麼是愛

1.
如果你說，
你不知道愛是什麼

每當我們提及感情方面的問題，在最失落的時候免不了會問自己：愛，到底是什麼？

同一個問題，在單身的時候、在感情變得平淡的時候、在分開之後，都問過自己無數遍了吧？但越是努力想要分析每一絲證據，或者探究供詞裡的每一個字時，答案似乎都會在我們差不多搞清楚真相的時候，又變了一個模樣。就算這一刻可以很篤定地描繪愛，下一秒隨時會反過來被自己的內心質疑。我們就像被困在流沙中的人，越是掙扎，越是無法自救。

還是妄想一生無憂的我們，只想得到一套可以替我們區分對錯的清單——對的、能接受的、能理解的，才願意經歷；那些錯的、辛苦的、吃虧的，就想避之趨吉？我們太多人都曾經被愛情虧待過，於是總用「了解愛的名義」的口號生活，其實只是想避免受傷的可能，而不是為了讓自己學會好好地愛護自己和心上人。

我們心中早就對愛情的樣貌有著一定的期許，甚至知道自己想要的是什麼樣的愛情。我們不停追查的答案，或許不過是為了從別人口中尋找到

自己想要的認同，來確認自己追求的愛、做過的每一個抉擇，在愛情和世人的眼中都是合理的。

愛是最單純，甚至是人與人之間最關鍵的元素，但我們也明瞭它不能完全定義一段關係之間的所有情分，所以才會下意識地想要拿著清單逐一審查，非要從中得出一個「愛」或「不愛」的統一總結來。

原來我們都害怕，那個被自己堅定地擁入懷裡的輪廓，不是愛情。

世界上有兩種人，一種人會問「什麼是愛」，另一種人會問「愛是什麼」。你呢？你又是他們其中的哪一種？

那些問什麼是愛的人，通常正在苦痛中掙扎，所以他只好靠別人去告訴他什麼是愛，藉由不同的角度，尋找自己依然被對方深愛著的蛛絲馬跡。明知愛情已經沒救了，仍依依不捨，始終不願放手。

我多希望，你不是一個會問什麼是愛的人。因為消耗自己，在對方面前做一個深情的榜樣，一直都是行不通的。愛的本質對這些人來說，似乎就是一種為愛而愛的「目的」。我們不願意承認自己從來沒好好愛過眼前的戀人，真正誘惑人的只是「愛」這種讓人愛恨交加的概念。

至於那些會問愛是什麼的人，他們也不是刀槍不入的。他們會流淚，偶爾會覺得疲憊，也會有自覺不夠堅定的時候，但就算真愛只有一個，表達愛的方式卻有成千上萬種；即使他們多麼希望陪伴也是一種愛，同時

卻也清楚明白愛不一定只是陪伴。

這個排列方式太重要了，不然我們被自己的答案局限著，受罪的卻是愛情。這些人眼裡，愛情更像是一種「動機」，是彼此餘生的起點，一路上我們會遇見很多不同的風景、天氣，但至少這個旅途的出發點是眼前的愛人。

長路漫漫，我總會找到愛你的方式和你愛我的自信。

我們窮其一生找尋這個讓人匪夷所思的答案。但是找到之後呢？這個答案會怎麼影響我們接下來的抉擇？

我們內心真正想要又尚未擁有的東西，通常都不會因為遇見了誰而因此被遺忘。哪怕在轉角遇見最美好的愛情，我們有時候總會想起自己原先來的路。在還沒遇上愛情之前，目的地似乎從未到達過。

有時候我們必須承認，愛情帶來的美好與辛酸都成為了一種障眼法，它在不知不覺中取代了夢想的輪廓。所以當愛情變得觸手可及時，人類的惰性總讓我們以為它會比那遙不可及的遠方更具吸引力。

當愛情再也滿足不了我們的嚮往，這份感情就會慢慢失去魅力，最後雖然說是忍痛放棄，卻也沒有讓人回頭的欲望。有人圖對方的陪伴、有人圖對方的錢、有人圖對方的忠誠……每個人想要的東西都不一樣，那些追求無論再荒誕，都輪不到旁人隨意去品頭論足。

我們對生命的渴求可以從愛情中提取，卻又不是非要透過愛情才能擁有。所以如果最後被迫各分東西，拆散我們的不是殘酷的現實，而是對現狀的不滿。

所以這個答案你別再糾結了，解開了這個謎底之後，更像是解鎖了我們內心深處被深情掩蓋的殘酷和無情。別為了好奇為什麼火很溫暖就去吹熄那根蠟燭，不然最後不但得不到真相，反而只會了解黑暗中那些無盡的冷清。

放馬去愛吧，唯有一邊感受，一邊解讀，才知道什麼愛。

晚上 10：02，
為愛而愛的人，
終究要在終點站的月臺上跟愛情道別。

Words@3am
3am.talk

 換你告訴我吧，
以前你覺得什麼是愛？
現在的你又認為愛是什麼？

3am.talk
Tokyo, Japan

10:19
Monday, 18 January

MESSAGE   now
3am.talk
我是誰 他是誰 你是誰

❤ 9,213 likes
#感同身受　#青春　#不夠了解

2.
我是誰，他是誰，你是誰

有一個簡單的問題我糾結了很多年：天空到底是什麼顏色？

小時候路過雜貨店的時候，天真爛漫的小孩一邊舔著快融化的冰淇淋，一邊指手畫腳地解釋著他看到的天空是藍色的。過了幾年之後，我又被班上學霸的課外書說服了：原來從外太空看到的天空就只有無盡的黑色。最後當我愛上一個詩人時，不食人間煙火的他嘆著氣，感慨萬千地說滿天盡是落日竹間紅。

當我看著每個人嘗試描述在他們心中，天空是什麼樣子時，我忽然就釋懷了。天空是什麼顏色，取決於他們是誰。每個人所感受的事物都有不同的角度，或許世界上根本就沒有同一片天空。

然而當有人跟你分享他們心中的畫面時，兩個人的靈魂就會因此連接起來，而世界上大概沒有比這更振奮人心的事情了。愛情就像天空一樣，沒有固定的模樣，每張不同的輪廓都有機會跟你訴說不一樣的愛情。如果我們三生有幸，能從對方眼中看到同一幅風景，可能已經擁有了當下的愛情。

這或許就能解釋為什麼人們很少可以真正看到對方心中的愛情，因為我

們總會假設我站在他們的角度會看到什麼，而不是對方在那個場景裡為什麼會看到這些畫面。我們把同情心當成了同理心，才會在很多時候親手把自己的愛情搞砸。

了解愛情，還不如了解對方。

因為你還是你，這一切的感知始終都是跟著自己的思維邏輯而產生。愛情讓我們為之著迷，薰陶著理智和思緒，於是我們開始忘記你和我終究是兩個不同的個體。就算我的心事之後又看透了我的軟弱，但它卻始終無法替我讀懂你。看透一個人已經很難了，更何況我們還要懂得用對方的角度去感受他們眼中的世界。相愛從來不易，畢竟「感同身受」這四個字根本不足以完全形容同理心，因為那是我為了想要跟你靈魂相通，繼而決定將自己內心深處和你相似的脆弱掏出來，一步一步帶到你面前，希望可以在你那個不太溫暖的黑暗世界中一起分享。

當我看著那些太早為愛苦惱的人時，有時候我真的不知道該說是野心太大，還是太有自信，居然敢在愛情面前想要一步登天，迫不及待地計畫著怎麼跟對方談情說愛，甚至長相廝守。散落一地的感情成為心頭上的一抹無力感，或許我們口中那些讓人遺憾又回不去的青春，就是這樣被我們白費的。

人們似乎一直被各式各樣的感情問題詛咒了自己的幸福，把心思和時間都花在推斷對方的行為模式之上，以為難題拆解到最後就可以擺脫這段厄運，殊不知自己正在漸漸偏離「愛」的航道。

換個角度來說，其實你不是不懂愛，你只是不懂「人」。愛，若是動詞，那它就是一連串的動作，如此一來它就一定會遵循某種特定的行為模式。反之，若我們把愛當成名詞，它就會變成一件實在的東西，那麼在「我」「愛」「你」之間，必然存在一個第三者。

所以若要懂得愛，首先要明白對方、自己到底是一個什麼樣的人。

了解一個人很重要，這句話指的是你心中的愛人，也是你站在鏡子中的倒影。某個程度上來說，要是有足夠的信心回答這個問題，那你心裡大部分的疑問基本上都可以馬上得到解答。古語有云：「知己知彼，百戰不殆。」不管那個人跟你到底有沒有關係，首先要明白每個人都有自己獨特的做事方式，而行事風格這回事大多數都是有跡可循的。對自己要求高一些，不僅要對自己的內心活動瞭如指掌，還要學會比其他人更了解他們。如果像我一樣軟弱無能的人都可以做到的話，請相信你也一定可以學會。

每一個動作都會下意識地反映一個人的思維。所以只要你懂得解讀一個人的行為習慣，這個人你就已經看透了一半。同樣的練習，你可以晚上在餐廳吃飯的時候，試著觀察一下隔壁桌的情侶：誰會主動點餐、點的是誰愛吃的菜、他們跟對方談話的態度和話題、跟服務生說話態度上的區別、誰看過最多次手機……只需要一頓飯的時間，你會看到很多有趣的現象。

所以當你站在鏡子前舉著右手，倒影中的你依然是無比熟悉的你，但他

舉著的卻是左手。你不只要學會觀察別人，更要學會在非常時期觀察自己的心態，尤其在一些最容易忽略理智的時候，比如談戀愛時，讓你欣喜若狂的是因為自己的愛意終於得到了迴響，還是因為單身已久的你終於也可以一嘗愛情的滋味？那麼失戀時，你嚎哭的樣子狼狽不堪，讓你淚流滿面的到底是失去？是害怕？還是不甘？

你會猶豫，不是因為害怕。所有落寞的元兇都不是「不愛」，而是「不夠了解」。這個不爭事實，其實某一部分的你從頭到尾都知曉。

晚上 10：19，
因為太渴望去靠近對方，
我們才以為愛一個人會比了解他們更方便。

Words@3am
3am.talk

換你告訴我吧，
你愛著的他到底是什麼樣子的一個人？
他的優點、缺點、背景、習慣、喜好、
夢想，你又清楚多少？
說完他了，你呢？有沒有比昨天更了解
自己？

Message...

3am.talk
Christchurch, New Zealand

10:26
Monday, 18 January

 MESSAGE   now

3am.talk
愛情裡最單純的決定性因素

♥ **9,213 likes**

#單純   #幸福   #愛而不得

3.
愛情裡最單純的決定性因素

喜歡一個人，你會很自然地希望大家都能從這段感情中得到最好的體驗。那到底什麼才叫最好？

那條標準線到底是定在對方能力範圍內能做到的最好，還是自己期望中的最高才算及格？我覺得從某個層面上來說，了解自己又明白對方這個狀態就是為了看清這兩件事情的差距。

愛情說白了就是我們希望自己快樂，也想對方可以因為自己而覺得幸福。

我不介意天真地相信，相愛的本質就是這麼簡單。所以我覺得日常一句「我想每天都可以逗你笑」「跟你在一起很幸福呀」，反而比那些浮誇的山盟海誓更動聽，畢竟一些從未實現過的諾言，你我早就聽過不少。

雖然大道理都說人必須要學會自愛，甚至我也曾經被旁人說服過，以為只要我足夠愛自己，別人才會願意愛你。

我甚至一度以為，我如何愛自己，別人就也會依樣畫葫蘆地用同樣的方式愛我。

直到那些深愛著我的人還是一次次地選擇離開我的時候，真相才恍然大白。所謂的自愛，不應該被視爲一塊可以扭轉乾坤、讓人可以自此留住愛人的籌碼。

它是一個標準，命運會按著這個準則替你安排一個旗鼓相當的人，然後你可以拿著這份自愛，溫柔地告訴他：「我想讓你跟我一樣快樂。」自愛決定了你能給愛情什麼，而不是它能給你什麼。

我們爲什麼要談戀愛？因爲開心呀！不開心的戀愛談來幹什麼？不要急著誤會我，因爲我不至於寂寞到想要把愛情當成一種尋開心的工具。

但是人生本就苦短，趁我們還來得及保護這根最後的稻草，就別讓人生的苦變得越來越長。

因爲一段不開心的愛情，再愛也是徒勞。

看不透對方這回事就像我鼓足勇氣寫了一封情書給你，站在郵筒面前猶豫了半天，最終我還是只能拿著那封動人心弦又一無所用的情書失望而回。

不是因爲怕你會拒絕我，而是我連你家住哪裡都不知道。然後我傷心欲絕地以爲這是上天給我的啓示，第二天在路上擦肩而過的時候，你越是若無其事，越顯得我更可悲。

你在夜裡看著比以往更漆黑冰冷的天空，不了解對方成了刺眼的事實，甚至不用誇大其詞，都覺得這種撕心裂肺實在讓人感到窒息。

眼看一天又快結束了，最後我們卻連「愛」這個字都還沒說到嘴邊。「愛而不得」再也不是你心頭上最苦澀的無奈，它是一個被深情包裝著的藉口，用來掩飾我們的能力始終不及預期的這個事實。

「晚上你有空的話一起吃飯吧！」

「好呀，哈哈哈！」

「那我順便帶個朋友一起喔！」

「好的，哈哈哈！」

一個是滿心歡喜的「哈哈哈」，一個則是掩飾失望的「哈哈哈」。三個一模一樣的字出自同一個人，卻暗自藏著截然不同的意思。一個人若真的讀懂了對方，我們就無法真的責怪他虛偽或者口不對心。如果一個人真的明瞭第一句「哈哈哈」背後的心情，他就不會粗心大意地讓第二句「哈哈哈」有出現的機會。

儘管我們不是很想去承認，有時候別人給我們的快樂，真的就比自己擠出來給自己的快樂更有效一些。

再懂得自愛的人，偶爾也需要歇息，在某些時刻還是需要別人的愛來鼓舞自己。畢竟談戀愛這回事，一開始看對方在喜歡你的時候有多在乎你，到最後其實是看他在愛自己的同時有多愛你。

愛情說易不易，說難不難。

一個人若用對的方式愛著你，你也就無需計較他到底有多愛你。這就是為什麼有些人總是叫苦連天，有些人卻可以愛得泰然自若。

質量，質從來都比量重要。

如果深愛對方卻天天喊累，大概是對對方一無所知的我們除了盲目地深愛，已經找不到其他方法來拉近距離。

徹底去了解一個人，是為了在付出的同時，不會弄丟自己。

所以你要花很多很多的時間，去思考彼此想要的東西什麼、大家的弱點和強項又是什麼。

我可以試著用我的優點去包容你的缺點，但也要在這個互相了解的過程中，用我的理性去判斷你的溫暖是否如你所說的一樣，足以溫暖我往後每一個寒冬。

如果你真的了解我，就會知道我雖然話不多，沒有多少特別想聊的話

題，也沒有千奇百趣的知識點可以給你當笑話來講，卻仍然希望有人願意偶爾陪我熬夜通電話。

如果作爲女孩的我真的有心去了解你的嗜好，哪怕你不需要一隻菜鳥陪你練習帶球上籃、哪怕我到現在都搞不清楚球賽裡的「And One」到底是什麼時候罰一球、什麼時候罰兩球，但是最起碼，我也可以嘗試去了解作爲湖人隊粉絲的你爲什麼一直鍾情於「8」跟「24」。

當互相享受對方帶來的快樂時，我們愛的是多是少已經不重要，因爲我們早已滿足於當下的幸福了。

反之，我若不了解自己，你再怎麼愛我最終都只會是徒然。若不能比別人更懂你，你無法愛我也只能說是一種禮尚往來。

在愛情中盲目地付出，就像自己獨游了萬丈深淵之後又折返，狼狽之餘還多此一舉。所以如果你沒有打算用對方需要的方式去愛他的話，還不如省掉這些多餘的愛意，在愛到無法自拔之前，提早放對方一條生路。

享受歡樂不代表幼稚。

噢，或許反而是盡情地享受悲歡欣喜，才是你我在愛情中該有的模樣。

如果愛情最後選了捨棄我們，我不願意自己梨花帶雨的淚容嚇到它不敢回頭。你說對吧？

晚上 10：26，

愛我的同時依然可以享受你自己，

就是我想給你最好的愛情。

Words@3am
3am.talk

> 換你告訴我吧，
> 那段念念不忘的愛情，你的快樂有沒有比悲傷多？
> 你的傷痛真的是來自於對方的不愛嗎？
> 還是你其實也對自己某部分的軟弱有那麼一點失望？

3am.talk
Mt Cook, New Zealand

10:43
Monday, 18 January

MESSAGE   now
3am.talk
「時機不對」 這種爛理由虧你說得出口

♥ **9,213 likes**
#時機 #時間 #十年

4.
「時機不對」
這種爛理由虧你說得出口

「時機」一共二十六畫，比起只有十三畫的「愛」整整複雜一倍。我聽過好多人用一句「錯的時間遇上對的人」來表達自己對這段感情的遺憾和不甘，甚至用來怪責無情的命運，非要活生生拆散兩個相愛的靈魂。所以我一直很想搞清楚：如果我在另一個時間點遇到眼前的愛人，我們真的就擁有了親手改寫故事的機會嗎？

如果上天無法回應我們的禱告，那只好希望宇宙深處真的存在某種平行時空，在那裡的我們於最恰當的時間，用剛剛好的力度，愛著同一個對象。如果你天真地相信，你們二人之間唯一的問題只是純粹出於相遇的時機之上。

陳奕迅眾多的經典裡，一首〈十年〉唱到街知巷聞。「十年」這兩字乍聽之下總讓人覺得悲憤又不捨，但我們越念念不忘，反而越把這種深情顯得更諷刺：因為無論愛人的角色到底由哪一張輪廓飾演，同樣的情節到最後還是會在同一個時間點發生。不管是十年之前還是十年之後，都不是我們前進或倒退就能抵達的地方。在林夕的歌詞裡，十年早已經是另一個時空的名字了，在那個遙遠的地方裡，不屬於彼此的我們陪在一個陌生人左右，又或許作為朋友的我們始終找不到擁抱對方的理由。所

以別太早沉醉在自己的深情和遺憾裡，因為在不同的時空裡，那些被我們宣稱深愛著的人，都沒有想像中那麼唯一。

我們必須承認「時間」根本沒有辦法偷龍轉鳳，如果妄想可以用這種方式改變後來鐵一般的結果，可能連最初相遇的情節都不會發生在你跟我身上了。

我一直不相信人會在錯的時機遇上對的人，因為時機是點狀的，它被情境裡太多條件限制著，一旦稍有差池，就要被迫放生這些難得一見的幸運。但時間不一樣，它是一條通往幸福的線，對的人總會想辦法跟你朝著同樣的方向並肩前行。所以別執著於你們相遇的瞬間有多震撼人心，因為對的開頭永遠比不上一個對的結尾。不能奢望世界會一直厚待著你和我，如果事情都是在你準備好的時候才發生，那麼我們永遠都不會有準備好的一天。實際上，如果命運每次都呵護著你，一次又一次地安排這些對的人在對的情境裡出現，深愛著你的應該不是這位對的人，而是命運本身。反過來說，如果兩個人必須要靠命運才能互相靠近，這充其量也只能算是緣分，離你朝思暮想的「愛」還差一大截。

作弄人的不是時機，而是我們心中一直滋生的猶豫。

年幼時很灑脫，那些不及預期中的東西，我們會花三秒鐘記住，皺著眉學會這個寶貴的教訓之後，便能毫不猶豫地捨棄，整頓好自己之後又可以重新出發。這個過程從發生到結束都很快，因為那時候的我們從不拖泥帶水，就算遇上不順，也不會花時間為自己找藉口。

漸漸地，我們對事物有了占有欲，撒嬌行不通就哭鬧不停，就算惱羞成怒，也要達到自己一開始的目的。隨著時間流逝，越長大反而越固執，喜歡上櫥窗裡那件閃閃發光的商品，滿心歡喜的你順勢看了一眼標籤，才落寞地發現這永遠不會是屬於你的東西。話雖如此，雖然它只是靜靜地躺在櫥窗裡，從不曾被我們握在手裡擁有過，但它卻成了自己心中的一把尺，以後看見什麼，都會習慣性地用它去做比較。

可是諷刺的是由始至終我們都未曾得到什麼，就已經失去了一部分的自己。

所以遇上美好不一定就是緣分，當自己沒有足夠的實力時，我都不好意思在別人面前提及自己的野心。因為世界上人多愛少，我們身上若沒有什麼讓人趨之若鶩的特質，又怎麼可以從競爭中脫穎而出？我們沒有隨著成長而進步，那些懂事的顧慮反而成為囚禁自己的枷鎖和籠牢。萬一到最後還是不幸福，哪怕事實是別人先辜負了我們，即使不是你的錯，但說實話，難道是他們的錯嗎？

你不夠勇敢是你的責任，時間沒有辜負過我們，如果真的發生了什麼無法挽救的問題，你要記得，時間從一開始便帶著祝福，贈予過我們一種叫做「忘記」的能力。如果錯過彼此而讓愛情變成了遺憾，我也願意笑著去緬懷這一切，畢竟沒有這些遺憾的話，生命的消逝便會變得毫無意義，未曾相遇過彼此的我們會更快老去。

晚上 10：43，

能讓別人感到快樂的人，

從來都不會覺得自己被任何人虧待。

Words@3am
3am.talk

換你告訴我吧，
愛情裡真的有剛剛好的時機嗎？
如果有，我們為何總是後知後覺？
難道我們在時間面前一點骨氣都沒有，
自己的愛情要任由命運擺布？

3am.talk
Veytaux, Switzerland

10:55
Monday, 18 January

MESSAGE   now

3am.talk
你內心如何 你的戀愛也必如何

♥ **9,213 likes**
#要求 #嚮往 #許願

5.
你的內心如何，
你的戀愛也必如何

在十幾歲的時候，誰不希望自己可以擁有一段甜甜的戀愛、想要被捧在手心裡呵護，且會羨煞旁人的那一種。

自己的伴侶不一定要特別優秀，但我們暗地裡希望他身上一定要有些與眾不同的特質。

談戀愛，每個人都希望自己是特別的那一個，更希望愛人是茫茫人海中最特別的那一個。

起初我以為，這不過是「對愛情有要求」。

原來人的自尊心和野心都很強，所以有些人會覺得自己在愛情這方面，選擇不能比別人差。

這或許可以解釋為什麼有些感情，尤其在初戀的時候，總是沒有辦法如願以償。

年輕的我沒發現，原來人會在不知不覺中用下意識去確認，這個被自己

選中的伴侶是不是比我愛他還更愛我。

或許在內心深處，我們都不過是想被一個特別的人放在心上，聽他們溫柔地在耳邊呢喃一句：「放心吧，平凡的你也可以是特別的。」

你想成為什麼樣的人，就會過著什麼樣的生活，就會嚮往著什麼樣的感情。我們現在每走一步，都在為往後的日子鋪墊。

直到現在，我依然會在一邊跟誰相愛的同時，一邊被這個可怕的想法糾纏著：是不是我愛著一個怎麼樣的男孩，自己就可以變成一個怎麼樣的人？難道唯有美化愛情，才能遮掩這種見不得光的自私？

自我感覺良好的我們總覺得自己有足夠的本事去做一個稱職的愛人，但沒有人會願意承認自己是一個有一點點自私的小偷。

我們都以為愛情就是看著自己擁有的，然後期望它會一直生長，變得無限多。其實不懂得相愛的我們，焦點只會放在身上所缺乏的東西，然後抱怨伴侶的無能，永遠無法真正滿足。

你有沒有體驗過一種感受：這些年來自己認真地愛過好幾個人了，後來你再回頭看，又覺得好像從來沒有真正愛過任何一個人。

明明那些無人知曉的眼淚和一直等不到天亮的黑夜都如此真實，曾經隨便一樣都可以輕易地取走自己的性命。

我記得自己怎麼被這些感情傷害過，也記得自己怎麼咬著牙關獨自熬過那些要人命的難關，但那些回憶差不多要被我翻到爛了，卻始終想不起自己到底有沒有享受過這些讓人死去活來的愛情。

回想著那些被自己看好的選手們，被我愛著的同時，卻從未讓我真正感到快樂過。

原來愛著一個人，有時候反而是迷茫的開始。

太多人抱著「先享受甜蜜，再解決問題」的心態談戀愛，以為只要累積足夠的情感和回憶，就會因為不捨而願意拚命死守這段沒剩多少意義的感情。

再好聽的大眾情歌終有過氣的一天，再無價的回憶都會隨著我們增廣見聞而逐漸貶值。

遠距離地喜歡一個人，他們身上所散發出的光芒，讓我們不管隔多少光年都想靠近。

但近距離地跟一個人在一起，卻不代表可以把這種誘人的美好占為己有。我們盼望著人與人之間的永恆，這種人之常情卻在變了味的愛情裡顯得太過卑微。

你已經長大了，就算悲壯地說不在意愛情是否能開花結果，也不能再拿

「情不自禁」這種爛藉口當擋箭牌，放任自己隨便愛上誰了。

我們寧願原地踏步，怕走到盡頭才發現前方根本沒有路，但我們每一個抉擇都有其後果，昨天今天明天加起來的選擇其實就是親自養出來的習慣，它的威力就像海洋裡的暗湧，足以摧毀我們和對方的餘生。

我們越喜歡一個人就越會習慣性地逃避，然後捨不得放棄愛情的我們學會一拖再拖，拖到時日無多的時候，終於被動地等對方或命運替我們做出最艱難的決定。

你說我們是不是很自私？對自己狠不下心，所以寧願被辜負，都非得要當個深情的好人。這是善良，也是懦弱，更是無恥。

所以你一定要時刻告誡自己：錯愛過幾次都無所謂，但到了最後，你應該愛一個正確的人。

我們愛得疲憊又狼狽，大概是因為無論你有多愛他們當中哪一個，卻始終沒有辦法說服自己的良心，心安理得地去守護一個不適合自己的人。

有多少次，躺在他懷裡的你始終跟不上他心跳動的速度，他的溫度不能翻譯為溫馨的擁抱，就算再快樂也熬不過漫長的黑夜。

你不敢讓旁人知道，其實你更害怕他隨時會消失，別說餘生了，你甚至不知道他會不會明天就後悔相愛，連回憶和承諾都懶得收拾，趁你忙著

幻想愛情之際便落荒而逃。

所以不應該愛的人就別再幻想跟他有以後了，就只是看錯一個人而已，不必爲了這個失誤，而奉上自己的一生。

對外我們要盡力地釋放善意，但與此同時也必須過得了自己的良心。

或許這個世界上根本就沒什麼猝不及防的意外或驚喜，當下的我們不管處於困境還是美景中，與其說是命中注定，不如說這些畫面其實早就在心中滋長著，環顧四周的正能量和負能量，都是透過自身某種磁場而持續在生命中運轉著。

我們入世再怎麼深，都可以對愛情充滿粉紅色的憧憬，誰都不能把你的期望歸類爲愚蠢的天眞，甚至到最後我們開始對愛情挑剔，也不是一種罪無可恕的過錯。

但我們必須誠實地承認，某一部分的自己，眞的純粹是爲了自己才會愛著對方。可惜我的修爲沒有想像中那麼高，自認足夠了解自己的我，還是讓這份愧疚影響了自己的判斷，反而讓我比預期中更深愛你。

我們虔誠地許願，希望不勞而獲的同時，其實也害怕最終只剩失落，我們自身的顧慮把緣分染上其他雜質，才導致一齣好戲最終只能爛尾收場。

晚上 10：55，

人類的愛情總是自私的，

越愛對方可能只爲了更愛自己。

Words@3am
3am.talk

換你告訴我吧，
你有沒有試過把對自己的期許投放在
兩個人之間的愛情裡？
好的愛情會讓我們變成更好的自己，
那我們身上又有什麼可以讓對方增值
的本事？

輯2
12A.M.—— 情似鏡花

在朝夕相對的日子裡，我們看著對方的眼神
開始多了幾分逾越友情的光芒。然後在確認
關係之前，我們不斷在相處期間的言語和行
為中互相試探對方的心意，每個不起眼的動
作都可以被解讀出好多種關於愛情的意義。

我們都在跟對方觸手可及的距離中期待愛情
慢慢萌芽，也想看看誰最終會禁不住誘惑，
率先出發去追逐愛情。

**3am.talk**
Athens, Greece

12:01

Sunday, 14 February

MESSAGE   now

3am.talk
心動是我們給自己的儀式感

♥ **9,213 likes**

#心動　#儀式感　#小鹿

1.
心動是我們給自己的
儀式感

忽然之間，他身上散發的溫度比太陽更熱暖，說話的語氣比月光更溫柔，他的優點比星光更耀眼。他就像一顆流星，短短幾秒的出現已經足夠燃亮我們的宇宙，足以讓我們對著這種幾乎一瞬即逝的火花許下美滿一生的心願。

我們為了記住自己與愛情的初見之時，特地為它取了一個有點甜又有點讓人驚慌失措的名字叫「心動」，用這個名詞來記錄感情的開端，彷彿沒有一個明確的開始，愛情便不夠完整，也無法順理成章地得到任何一種美好的結局。就像一趟旅行，有起點才會有歸途，不然一段漫無目的的遊蕩只能被稱之為流浪，沒有容身之所的同時也無家可歸。在這種情況下，我們誰願意承認愛情就是我們去旅遊時經常會買的特產，明明不屬於自己的世界也可以順理成章地把它帶回家。

愛情說不上稀有，卻在大部分人的心裡已經是一個足夠特別的存在。所以我們不願放過每一個跟愛情扯得上邊的想法，既然難得一遇，那當然就要牢牢抓住每一條有可能發展成為童話故事的感情線。

心弦一旦被撩動，意義就會被投射在這個本來十分單純的反射動作之

上，然後就此轉化為我把你留在心上的動力。

心動真的很誘人，它可以讓下著雨的世界忽然放晴，可以讓蒼白無力的內心見到起死回生的曙光。我們總希望被拯救、被釋放、被擁有，所以別人若燃亮了我們，哪怕當初只是對方下意識的無心之舉，愛情似乎就是唯一一個合理的解釋。可惜，那些把心動當作序章的愛情，不知道為什麼，統統都沒有預期般長壽。

一個人有沒有見過世面，看看他有多容易心動就知道。

你見識過的世界越大，能給自己心裡那頭小鹿去蹦蹦跳跳的草原就越大。反之，若你遇到的人不夠多、受過的傷還不夠疼、思考過的道理不夠深，讓你的小鹿經常撞到遍體鱗傷，似乎也怪不了別人。

後來我心裡的小鹿長大了。在某個失眠的夜裡，我終於鼓起勇氣約小鹿出來聊聊這些年我在她家寄放多年的心事。我尋思了很久，最後決定給她倒一杯酒說：「對不起，一直以來我都不懂得怎麼去保護妳。」在昏暗的燈光下，小鹿在這幾年似乎變得更嫵媚了，不對，她似乎永遠趕在我之前，變得比我更懂事和穩重。回想著以前那些任性的衝動，如果我有及時意識到自己的不成熟，或許小鹿就可以留住她與生俱來的無邪，這樣一來可能就不用代替我去承受成長中的一切苦難。小鹿跟我碰了杯，便一口氣乾了，酒再烈也讓曾經不懂遮掩的人學會了面不改色。誰料她最後卻開了口，苦笑著搖搖頭說：「明明是我自己天性喜歡到處撞。」

心動的原動力在於對方身上的吸引力，所以不必把太多舊人累積在自己心上，或者花太多時間沉迷在一蹶不振的頹廢裡，只要明白世界上沒有最好而只有更好，那麼遺憾就不會成為我們心中一根永遠無法拔去的刺。

當你終於遇上對的人之後，你會發現過期的回憶和走遠的人其實沒有多少值得懷念的價值。所以我寧願相信偶然遇見的幸福，一定會比預先策畫好的快樂更值得期待。我閉上眼睛回憶著過去心動的時刻，其實大多數也只是曇花一現，根本就不是愛情的花期。

良久，幾杯溫酒入腸後，當現實世界變得越混淆，心眼看到的真相反而越清晰。微醺的小鹿抬頭看見夜空中有一道微光緩緩地滑過，她忽然略帶激動地問：「妳快看，剛剛是流星劃過吧？」我沒說話，慢悠悠地點了一根菸，看著菸草無情地被黑夜中的火苗燃亮，一直到胸口上的嘆息終於成了煙圈，飄向微光消失的方向，我才緩緩開口：「鹿啊，那只是一架飛機。」

愛情錯在讓人存有太多幻想，小鹿錯在不撞南牆不回頭，最後我跟你錯在不到黃河心不死。都怪那一剎那的曖昧，像極了永恆。心動不等於喜歡，只是剛剛好的時機跟忽然間一發不可收拾的荷爾蒙，會讓我們產生一種「好想跟他相愛」的錯覺。

心動這回事，不能制止卻能克服，越容易心動的人越要明白這個道理。對於渴望愛情的我們，這個燈紅酒綠的花花世界裡，確實隱藏太多誘惑

了，可是世界上哪來這麼多靈魂伴侶？可惜是我們一時的契合，卻未必可以換來你我餘生的匹配。

凌晨 12：01，
別人給的儀式感才算得上有意義。

Words@3am
3am.talk

換你告訴我吧，
來來去去的人這麼多，你的小鹿捨得
長大了嗎？
現在的你分得清「流星」和「飛機」
了嗎？

若要享受曖昧　就要學會不走心

#曖昧　#走心　#上癮

2.
若要享受曖昧，
就要學會不走心

一瓶酒的濃度越高，就越適合長期保存，但一旦開封，酒精還是會漸漸氧化，再昂貴的佳釀也會逐漸失去原先的味道。年輕的我們似乎都很喜歡品嘗那瓶名為「曖昧」的威士忌，它價格不菲，但我們卻無法好好把握它的最佳品味期。這個拿捏不到分寸的過程，我們稱之為浪費。

噢，再好的酒落在手裡，似乎也會被不夠成熟的你我白白浪費掉。

不管是主動還是被動，曖昧容易上癮，這已經是鐵一般的事實。每天陪你聊天的人，不一定就是愛你；早晚的問候，也不見得是對方朝思暮想的證據。

久伴不一定能換來偏愛，就好像忽遠忽近的曖昧，大概無法醞釀出你渴望已久的愛情一樣。

曖昧很久卻遲遲不願開口表白，大概就是不夠喜歡。

如果一個愛人甘心只在遠處遙望著你，就算起初會覺得有點可惜，後來也應該學會用一聲嘆息的時間去放下，畢竟像這種驚天地泣鬼神的感情

啊，哪怕兩個人在平行世界裡有多美好，在眼下的時光裡卻是再愛也愛不出多少幸福來的。

如果一個人想認真跟你發展一段關係，我想應該沒有人是真的可以做到一直不動聲色，完全不留一點線索給對方去探究的。若他真的足夠喜歡你，他會把你當作戀愛聯盟裡的永久戰略夥伴，而不是賣力演出的演員跟買票來看戲的觀眾。

一個人若是真心喜歡你，誰會稀罕這種短暫而市儈的利益關係？

雖然我們每天都著急地等對方先開口，美其名是不確定對方的心意，但說白了也不過是為了一己私欲，非要在相處中的所有細節裡揪出對方的馬腳，好來證明對方比自己更在意這一段關係。

尊嚴忽然在這種非常時刻變得很值錢，我們總認為先開口的人就輸了，失敗的話就丟臉了，誤會的話就尷尬了。

看來我們都是膽小鬼，都還沒開始談情，已經生怕對方一開口就說不愛。

難道我們的心都是玻璃做的，一個輕輕的騷動就足以讓它碎落滿地還捨不得收拾？好感氾濫，曖昧成災。

多愛幾個人後你就會明白，這些還沒醞釀出愛情的相處，只能喟嘆可

惜，這種短暫的失落，不值得我們把它歸類爲心碎。

曖昧很容易上癮，但見好就要收。濃郁香醇的時候是喜歡，後來變成苦澀又帶點酸味之際，剩下的估計只有寂寞。

沉澱在玻璃杯底的究竟是好感還是孤寂，最後都是藏不住的。

還是很喜歡那句「酒不醉人人自醉」，會喝酒的人都能細品它的餘韻，不會喝酒的人最終只有宿醉的下場。所以酒的好壞不是重點，心態才是一個人保持清醒的關鍵。

「曖昧應該維持多長？」總有人愛這樣問。

我想啊，等到你看透一個人、明示過自己的意思之後，如果他還是不爲所動，那這段曖昧就不值得你再投資更多的心血了。

你要一刀兩斷，擺脫他也好、做一個普通到不能再普通的朋友也好，這個人的存在或缺席，都不應該再影響你日後的生活了。

畢竟我們不再是小時候那個纏人的孩子，所以酒可以喝，菸可以抽，甚至在單身的時候我不介意你見一個愛一個。但做爲一個應該對自己負責任的成年人來說，請你也切記，我們不能對以上任何一種東西上癮。

凌晨 12：17，
別做一個太容易感動的人，
打動不了別人，最後又苦了自己。

Words@3am
3am.talk　　　　　　　

換你告訴我吧，
我們過分在意曖昧時發生的一切，是否代表昇
華這段關係確實言之過早？
為了這份不成熟的曖昧，被你浪費的除了時間
還有什麼？

 **3am.talk**
Takashima, Japan

12:26
Sunday, 14 February

MESSAGE   now

3am.talk
小事見人品 大事見人格

 9,213 likes

#運氣　#將就　#講究

3.
小事見人品，
大事見人格

展現友好是人與人之間一種基本禮貌，但我們之間的舉動一旦超出這種官方禮儀，總有一方會忍不住動心。最常見的例子包括通宵聊電話、保護欲明顯變強、介意你身邊的異性、在你面前他可以完全放下戒備心、似乎總是有意無意地跟你暗示發展的可能……恭喜你，喜獲曖昧對象一枚。

我們舉手投足之間表現出來的品質叫人品，一個人有多喜歡你、以後相愛的方式、理想生活的模樣，這些細節你都可以從他的優點中慢慢推斷出來。

在歷經大是大非而被迫釋放出來的本性叫人格，龐大的壓力就像一面鏡子，一個人到底有多愛自己以及其深藏不露的缺點，逃得過他們的良心但卻避不開你雪亮的眼睛。

所以你跟曖昧對象相處時，除了享受對方的體貼跟溫柔之外，請你也保持足夠的理智，在愛得無法自拔之前，盡量看清對方不好的那一面。

我們不是要去挑別人的刺或者公審他們的瑕疵，但如果你無法包容他們

的缺點，你的愛情永遠會少一部分的快樂。

他的狂妄自大會不會讓他忽略了你的感受？他的悲觀和消極會不會也把你囚禁在無盡的深淵裡？每個人都有缺點，我跟你也不例外。所以遇見一個可以互相欣賞對方優點的叫運氣，能遇到一個願意跟你互相包容的才算得上是福氣。

沒事的時候誰都可以把最好的那一面留給你，等到有事的時候，驚慌失措的他們也會馬上原形畢露，你可以慶幸這算不上是故意的欺騙，可惜這也是人性最真實的一面。因為有空檔、有餘力，既然成本不高，在小事情上對你好也不過是舉手之勞。

所以一個人要對另一個人好，這件事情沒有你想像中那麼稀有。找一個契合的對象其實還不夠，若不願為對方磨掉自己的稜角，相愛這回事只會變得短暫而毫無意義。

就好比一個不注重細節的人永遠給不了你窩心的感覺，習慣遲到的人不會懂得欣賞你的準時。「喜歡」或許可以激發出一個人的潛能，讓他有動力試著用自己的方式去對你好，但「喜歡」卻做不到無中生有，單靠愛情大概擠不出那些根本不在我們骨子裡的東西。

哪怕是一樣的情緒，每個人都有不同的表達方式。一個人如果可以大張旗鼓地追求你，他也必須能做到在那些不起眼的小事上照顧你。年輕的時候，累積了一堆好感就可以衝動相愛，等你真的開始要為自己的生命

負責時，我們才會明白那些被忽略的細節有多重要。

將就不如講究，不能從小事情裡體現愛的人未必不愛你，但起碼我們證明了，你或許要等很久很久，才能等到他學會怎麼去愛你。

不夠成熟的愛情是這樣子，自私的愛情是這樣子，勉強的愛情也是這樣子。

大事或許就是你喜歡的人也一直喜歡著你，那麼小事就是他時刻記得自己真的很喜歡你。如果我們真的像自己所說的那麼深情，那麼愛情將會是生命中一件最轟轟烈烈的事情。

如果愛情真的可以像我們預期中的細水長流，那它一定是被很多細節支撐著才能撐過生活中大大小小的試探。

別說一個愛你的人捨不得跟你曖昧太久，只要是一個足夠成熟的人，都不會選擇跟你曖昧太久。

因為曖昧就像那罐媽媽一直不讓我們喝的可樂一樣，總覺得只喝一口不過癮，等到喝多了、肚子脹痛到難以承受，我們才知道後悔。

越迫不及待想要把甜甜的可樂倒滿整個杯子，最後累積在上層的泡沫就越厚重，我們渴望已久的愛情還沒喝下肚子，就已經所剩無幾。

原來沒有了氣泡的可樂，在本質上也只是一杯沒有營養的糖水。沒有了氣泡的曖昧，也不過是徒有其表，跟愛情根本扯不上邊。

凌晨 12：26，
誠意總藏在你意想不到的小事裡。

換你告訴我吧，
在小事上滿足不了你的人真的有給你幸福的潛
力嗎？
這些細節是他給不了你還是他不願意給你？

3am.talk
New Plymouth, New Zealand

12:39
Sunday, 14 February

 MESSAGE   now

3am.talk
撩你 只因為你太好撩

♡ 9,213 likes

＃撩　＃底線　＃偏愛

4.
撩你，
只因為你太好撩

喜歡一個人不需要理由，但喜歡一個人也不可能完全沒有理由。所以我一直秉持著這條底線：如果一個人可以毫無理由地喜歡你，應該就是這段關係的第一個警號。

因為一旦比你好的人出現，你也無法成為他拒絕別人的理由。

如果他在曖昧期間甚至在後來交往之後，都沒有辦法準確說出來他到底喜歡你什麼的話，奉勸你要慎重評估你們二人之間的關係。

因為一個人看著你的眼神沒有寫著「非你不可」，那麼他心裡對你的評價大概就只剩「棄之可惜」。很多人心甘情願做一個容易被追到手的人，寧願用這種方式短暫地得到那個自己一直想要的人，最後用最低的姿態和最心虛的笑容跟對方說：「你愛我就好，多或少都無所謂。」

一個人對自己沒有要求，別人憑什麼傾盡所有地珍惜你？

在愛情裡，「偏愛」應該是一種基本的要求，而不是奢侈的期望。我縱容著你、你袒護著我，這樣才是我理想中愛情的模樣。被你愛著的時候

我可以有恃無恐，愛著你的時候我亦可以全力以赴。如果你不告訴對方他應該怎麼愛你，他就會用你對待自己的態度去愛你。

所以這一切，取決於我們一開始把自己的底線放在哪裡。

這裡說的「一開始」，指的不是兩個人開始曖昧的時候，也不是確定戀人關係的時候，而是在我們相識之前，這條底線就必須要掛在一個顯眼的地方。因為一條底線的高低，會直接決定了什麼人可以進入你的世界。好比說你去遊樂園玩的時候，在入場前要量身高，結果小孩子玩的都是旋轉木馬，而大人都去玩雲霄飛車，道理是一樣的。

說到底，當一個難追的人，是為了篩去那些不願意全心全意對你好的人。

愛情終究是一件論成本的事情。懂得自動消化情緒的女生，在別人眼中就不需要花盡心思去哄；在紀念日看場電影就可以滿足的女生，自然也不需要大費周章地安排一場燭光晚餐給她。後來等你日積月累的委屈終於爆發，對方甚至可以理直氣壯地說你無理取鬧。

如果你想知道對方的底線在哪裡，看看他們的社交平臺就知道了。

有些男孩喜歡晒清晨的咖啡，也會有男孩高調地晒著他昨夜凌晨的酒局；有些女孩偶爾會晒一些自己親手鑽研出來的料理，自然也有女孩喜歡晒她每次血拼歸來的戰利品。從這個角度出發，在經營愛情之前就要

開始花心思去經營自己，畢竟「物以類聚，人以群分」這個定律決定了什麼人會對哪樣的愛情故事有興趣。

一個人越能把自己的生活過得精緻，他的感情生活也必定跟著那個標準而提升。你的門檻越低，能匹配的對象在品質上只會往下掉，而不會吸引更多你想要的人來。

其實那些主動撩人的機會主義者一點都不傻，他們只會對願意上鉤的人出手，從來都不會對那些超出自己能力範圍的人打什麼歪主意。不要把一個撩你的人當成一個用心追你的人，最後為你的無知買單的人，只有你自己。

除非他能一大早醒來就跟你說早安，不然不要輕易對那個跟你說晚安的男孩動心；除非你見過她在別人面前的客套，不然不要隨便對那個跟你說話嗲聲嗲氣的女孩動情；除非你真的可以做到「拿得起，放得下」的灑脫，不然就請你就別做一個動不動就走心的人。

換句話說，輕易被撩動必然有後果。因為一個撩你的人，就算他嘴裡說有多喜歡你，光憑他喜歡看心情撩你這回事就知道，這個人十之八九是打從內心地不尊重你。

難道你還不願意承認，一個不尊重你的人比一個不愛你的人更要不得嗎？

凌晨 12：39，
那些突然說喜歡你的人，
通常也會突然離你而去。

換你告訴我吧，
你有沒有足夠的理智看穿那些虛有其表的招數，
對那些隨意撩你的人嗤之以鼻？
你有沒有本事在乘風破浪的同時，不被暗湧捲入
漩渦中？

📷 Message...　　　　　　　　🎙 🖼 🙂

3am.talk
Himeji, Japan

12:47
Sunday, 14 February

💬 MESSAGE   now

3am.talk
對不起 是我未經允許就已經很喜歡你

9,213 likes

#允許   #無懼   #醞釀

5.
對不起，
是我未經允許就已經很喜歡你

楊千嬅的〈勇〉有一句歌詞是這樣唱的：「渴望愛的人，全部愛得很英勇。」

一開始我以為這是愛情所施展的一種神奇魔法，它會祝福膽怯的我們，讓沒有被生活眷顧的人們在追求愛情的過程中，依然可以憑空生出一種無懼的精神。

可是事實上，勇氣是自己給自己的，回想年輕的時候，我們誰不曾愛得魯莽然後又遍體鱗傷？但是讓人無解的是，為什麼那麼多人選擇暗戀，而不願意開口表明心意呢？

你說答案會不會依然藏在同一句歌詞裡？如果渴望愛的人都勇於衝出自己的舒適圈，那麼我們可不可以反過來說：愛得不夠英勇的人，真正渴望的東西或許從頭到尾都不是愛？

雖然有些愛可以讓我們忍住不去靠近，但不夠勇敢這回事恰恰反映出另一個事實：真的有人寧願放棄愛的名義去擁有對方，也不願意承受任何可能會讓我們失去彼此的風險。

很多人都會說這種愛更無私、更偉大，那既然你選擇了這條不歸路，又何必在一路上不停回首、自怨自艾？

是誰跟我說暗戀是青春裡最值得回味的事情？等青春不再的時候，人才會後知後覺，認為暗戀真的好他媽的浪費時間。

不能好好享受喜歡一個人的感覺，往後也會覺得對不起自己的心……那麼辛苦地暗戀，到底是何苦呢？這也是為什麼我不願意藏著對一個人的喜歡，哪怕你不喜歡我，我也有把握說服自己慢慢回到以前兩條互不相干的平衡線上，但在當下，能擁有光明正大喜歡你的勇氣，才是青春裡最值得自豪的事情。

如果不能挺起胸膛去喜歡一個人，不管中間有著什麼樣的苦衷或者理由，我都寧願現在就狠心一點，說服自己放下他。

哪怕我們只能做朋友，那我也寧願做一個不再對你存有任何遐想的朋友，總比做一個不能跟你牽手的朋友好多了。

我不怕愛情最後無法開花結果，但如果喜歡你這個舉動會為我們任何一方徒增更多煩憂，那我寧願趁好感還沒醞釀出難捨難離的愛意前，把你的不為所動化成冷水，澆熄腦海中所有跟你有關的遐想。如果一盆冷水不夠，就兩盆、三盆、四盆……我們沒有想像中堅韌，得不到的人終究會懂得捨棄的。

所以每次心動的時候，我都會問自己：我到底想不想改變當下的相處方式？我越客觀地思考，大腦反而越能看清自己真正想要的東西。

很多時候，我根本沒有非對方不可，甚至不過是希望對方可以再進取一點，並不代表我有實際計畫過兩人往後更長遠的發展。

嚴格來說，在曖昧時，我們不過是對「愛情」這個概念抱有幻想，要等到兩個人終於在一起之後，才能算得上是真正愛上對方這個人的開始。

在相愛前的失戀叫「得不到」，在相愛過後的失戀才有資格被稱之為「失去」。

所以不曾勇敢踏出過那一步的人，大概在叫苦連天的時候都會心虛不已吧？畢竟他們口中那個得不到的愛人，明明也是他們親手放歸於人海的。

做為一個天性不夠樂觀的人，在每愛一個人之前，總會做好「早晚要放下你」的最壞打算。一輩子好長，我想趁它結束之前瀟瀟灑灑地愛一次。回憶跟愛情，我希望它們其中一個會是甜的。

如果你可以體諒我未經允許已經很喜歡你，我也要學會原諒你未經同意，就已經打算悄悄地退出我的世界。

凌晨 12：47，
唯有全程投入，
才會在受傷的時候都不覺得痛。

Words@3am
3am.talk

換你告訴我吧，
既然我們誰都不擅長暗戀，為何不趁這個機會
勇敢一回呢？
倘若你碰巧擅長暗戀，瞞過愛神的你，什麼時
候才可以得到對方的青睞？

Message...

3am.talk
Singapore, Singapore

12:52

Sunday, 14 February

MESSAGE   now

3am.talk
雙向喜歡才是最好的曖昧

♥ **9,213 likes**

#雙向喜歡   #不了了之   #留戀

6.
雙向喜歡才是最好的曖昧

曖昧是一件充滿遐想的事情，我們貪婪著美好的事情會接踵而來，不管是你進我退還是患得患失，都讓人想入非非，我一邊覺得你的靈魂無比熟悉，一邊又覺得你帶給我的體驗是前所未有的新奇。如果我們不論如何都只是在浪費時間，那何不找一個同樣喜歡你的人，盡情消耗過於短暫的青春呢？

人有七情六慾，曖昧和好感或許都是生命中無法避免的事情。世界上人這麼多，總有人想要冒充你的真愛，在一段關係還沒有真正開始前，就暗示著永恆，然而這些山寨的曖昧通常只有「不了了之」的下場。

他就像一個不夠敬業的演員，在上演劇本裡最感人肺腑的一幕時，居然忍不住笑場。

如果你想把眼下的曖昧看成愛情的前奏，那就必須明白曖昧其實也自有一套準則。一個人的性格好就說明他可以對任何人好，那是一種大眾的善良、一種客套的禮貌。你可以喜歡一個善良的人，但你不能用一個人的善良來斷定他對你的心意。一個人對你好，未必代表有誠意，當友情與愛情之間的分界線不清不楚時，很多善意都被我們錯讀成了愛情。

「睡了嗎」「想見你」「出來陪我好不好」，一旦我們感受到自己被對方迫切地需要，似乎在這個人與人之間的距離越來越遙遠的時代裡，很快就會把這種依賴和愛情掛鉤。

很多時候我們把對方擁入懷裡的速度太快，一靠近卻發現他身上除了耀眼的星光之外，還有更多參差不一的瑕疵。

他人緣太好，你不知道該欣賞他的交際能力，還是該擔心他給不了你安全感；他收入不錯，但在工作上卻可以為了利益不擇手段，你怕他這種狠勁會延伸到你們之間的愛情裡。不只我們，或許他也有這樣的困惑和無奈：你性格偏靜，不說話的時候他不知道什麼時候該給你個人空間，什麼時候要講個不好笑的笑話逗你笑；你最看重一個人的忠誠，他卻不懂為什麼你要這麼執著地拆穿他那些出於善意的謊言。

在這個節骨眼上，可能是我們說不上有多了解對方吧？

當愛情融入到生活裡時，終有一天會看到對方醜陋的那一面：或許我們會想盡辦法逼近彼此的底線，會為了保護自己而不惜傷害對方，最後連歪理都可以變成捍衛尊嚴的理由。所以我們不能把所有曖昧都當成愛情，因為當心寒取代了心動，那些不夠喜歡你的人都不會想尋找任何堅持下去的理由。

撩你一下，你就可以高興一整晚，再撩你一下，你的心就已經隨著他的腳步飄向詩與遠方。撩一個人，充其量只能算是生活的調和劑。工作累

了，找個人噓寒問暖來感受一下被需要的滿足感。晚上睡不著，那就讓一道溫柔的聲音陪自己入睡。心情忽然感到壓抑，起碼有人願意隨時側耳傾聽。

「撩」這個字的部首是手字旁，發音也跟無聊的「聊」同音，說明為了排解無聊的我們總會有很多小動作，但這些看著新鮮的伎倆到頭來都不能被歸類為用心。

如果你在曖昧之間已經想要尋找對方非你不可的證據，那麼或許愛情就是這樣被嚇跑的。愛情沒有一步登天的捷徑，未曾失去過什麼的我們其實都只被自己的占有欲支配著，沒經歷錯過和遺憾，又怎麼懂得珍惜對方？所以我也不著急，直到彼此真的認定了對方之後，再說愛其實也不算晚。

因為喜歡你，所以我不會跟你計較是誰先動了情、走了心，但如果要繼續走下去，就必須要表明我在你心中的位置。在成年人的世界裡打滾這麼久了，逢場作戲和好聚好散的潛規矩我還是會的。你想隨便玩玩的話我大可以奉陪，你想交換真心的話，請你也給我足夠的信心。只要不破壞遊戲規則，什麼遊戲你說了算。

選擇一個不喜歡你的人，還不如選擇一個願意跟你惺惺相惜的人。我不相信情不自禁，因為衝動的我們根本沒有為以後做任何打算。我寧願「你喜歡我」是一件經過你細心考慮、做過風險評估之後才說出口的對白，因為一個人的喜歡永遠扛不動兩個人的未來，你不夠喜歡我的話，

我再怎麼努力也不能為任何一方爭取到幸福。

你羨慕別人的愛情，都是他們在背後努力經營出來的。沒有經歷過辛酸的愛情，一定都走不遠。一拍即合的愛情通常都是短暫的，沒有經歷過風雨和磨難，別人憑什麼堅定地認定你就是他餘生所愛？

所以除了雙向喜歡的曖昧，其實都沒必要留戀。

凌晨 12：52，
連心動的步伐都不一致的我們，
走不到同一個未來裡。

換你告訴我吧，
如果你不是圖一個可以同樣喜歡你的人，那你
到底想從他身上得到什麼？
曖昧如果可以打動一個人，他追求的是那種新
鮮的感覺，還是眼前的人？

3am.talk
Ha Long, Vietnam

12:58
Sunday, 14 February

MESSAGE   now

3am.talk
告白跟告別 二選其一吧

♥ **9,213 likes**

#告白   #告別   #廉價

7.
告白跟告別，
二選其一吧

夜深了，你是不是還在等他？還沒等到正式的談情說愛，對方卻已沒了
剛認識時的熱情，花在你身上的時間日益減少，而你等待他的每個夜晚
卻一天比一天漫長。

早上你還可以安慰自己說他很忙，勉強替自己找了一個自欺欺人的藉
口。可是明明等到天都黑了，明明他十五分鐘前上過線的，明明平時這
個時候他的名字就會出現在來電顯示上的。

一切冷卻得好快，你不怕愛情忽然消失，你只怕它從來沒來過。

那些你忽然戒不掉的習慣裡雖然散發著曖昧不清的朦朧美，他讓你覺得
自己是最特別的那一個，但仔細想想，他似乎又沒承諾過你什麼。

到了這一刻你才真的明白，「不挑明」不等於「默契」，有些事情不能
用「心有靈犀」做為不清不楚的藉口，把最重要的事情像蜻蜓點水般輕
輕略過。

你沒等到自己朝思暮想的告白，他甚至在退出你的世界時，連一句道別

都吝嗇。你不記得他有多喜歡你，只記得自己為對方模糊不清的殘影失眠了好多好多個夜晚。你反覆確認，用心體會著他對你的在乎……到底是哪裡出了錯？

或許他不是不喜歡你，他只是不偏愛你。

他有吸引你的地方，那你呢？如果你真的像他說的這般優秀，你從他的角度出發的話，會不會喜歡眼下的這個自己？

沒有人可以做到二十四小時全天候主動，要給你無限安全感的同時又得顧及著自己的生活。

你覺得主動的人應該要理解你的不安與膽怯，畢竟聽說超人只要被仰望，便有足夠的力量可以代替我們所有人勇敢。

要成為超人的伴侶，你也必須要有能耐成為對方的超人。

你不需要有什麼了不起的能力，你只需要讓自己被需要就行了。

所以當曖昧醞釀到這個階段時，「敵不動我不動」是最愚昧的決定。主動不是我踏出第一步然後等對方走完那九十九步，這是怯懦、不自信、害怕。

你說你怕最後連朋友都做不成才會如此猶豫不決，我說我賭了這一把之

後，起碼還可以佩服自己的英勇。自我突破並不是什麼羞恥的事，它反而可以讓你產生一種前所未有的魅力。

我不主張暗戀，萬一把心意藏得太好，對方會以為我心甘情願做一輩子的好朋友；我不想低估自己對你的喜歡，也不願意高估自己的情商可以將這種感情收放自如；我不希望自己眼睜睜地看你出現在觸手可及的範圍裡卻不能擁抱你，連開口訴說委屈的資格都沒有，甚至在最後祝福你的時候都藏不住語氣中的虛偽。

人如果是等回來的話，只會說明我們廉價。

用毅力去等一個人是沒有用的，無論結局是命運對你的眷戀，還是對方對你的憐憫，等回來的愛情是不會幸福的。

如果你覺得堅持是一種高尚的美德，有本事你就用毅力把一個人追回來。

我向你保證，失去與被拒絕都不會讓世界末日提早到來。親愛的，你還年輕，只要你還願意去愛下一個的話，你會永遠年輕。

黑夜也僅僅是太陽要暫時溫暖別人，只要你現在願意入睡，愛情的陰影總會在下一個破曉的晨光之中，揮發得無影無蹤。

凌晨 12：58，

付出比得到可貴，深愛比被愛純粹。

> 換你告訴我吧，
> 等一個人與追一個人，哪個更難？
> 得不到跟忘不了，哪個更傷人心？

輯3
2A.M. —— 情似烈焰

當他拉著你的手說了一句喜歡,你也紅著臉、點著頭說了一聲好巧。

所有埋藏在心底的想念和愛意終於可以光明正大地被對方接收,我們也終於可以用名正言順的身分把對方的溫度擁進懷裡。得到愛情的我們就有如得到了全世界,他的名字成為了你努力奮鬥的動力。

3am.talk
Bali, Indonesia

2:03

Saturday, 3 April

MESSAGE   now

3am.talk
對你若有愛意 我想多攢一會

♥ **9,213 likes**

#私有化   #匹配   #我們

1.
對你若有愛意，
我想多攢一會

我記得那天是一個陽光明媚的週末，太陽一升起我就迫不及待地出門，先去加油站把車子的油箱加滿，然後做好了要在高速公路上把油門踩到超速的準備，只爲了去遠方見你一面。結果過了沒幾個路口就開始塞車，因爲修路的緣故，必須繞一條沒走過的路線，迷路的時候不知道心裡到底是更著急還是更委屈，在抬頭的時候才發現連夏天最美的黃昏都已經錯過了。

當我不知道這是愛的時候反而還好，我只會覺得可能是早上出門的時候忘記看農民曆或是星座運勢，才會有諸事不順的感覺。可是當我知道心裡面滿滿都是你的時候，我的眼神在後照鏡裡只剩下氣餒。

我看著你家門外那條空蕩蕩的走道，懷疑你是不是眞的會出現，還是你會因爲等太久而決定再也不見我了。

我心想這一定是哪裡出了錯，然後開始焦急地回想今天發生過的每一個細節。如果我沒有等到今天早上才去加油，如果我沒有走那條碰巧需要維修的路，如果不是迷路的時候剛好手機沒訊號……想到這裡便不禁懷疑，在喜歡你的路上遇上重重難關，是命運給我最直接的警訊，還是愛

神特別為我安排的考驗？

年輕的時候，什麼事情都希望趕快完成。早上遇見你的時候忽然有一種心動的感覺，晚上就已經恨不得想盡辦法把你私有化。荷爾蒙跟腎上腺素都在直線飆升，然後「喜歡」變得很匆忙，我們似乎一刻都坐不住、等不了。我說我喜歡你，卻連你打遊戲的時候喜歡用什麼英雄、走哪條路、跟哪些朋友組隊都不知道；你說你喜歡我，卻不知道我喝奶茶的時候喜歡半冰半糖，壓力大的時候還會下意識地咬吸管。

所以不夠了解就不要太快說喜歡，不然我們空有一顆喜歡對方的心，卻無法做一個真正稱職的愛人。

我們沒有辦法透過單方面的喜歡拼湊出兩個人的相處，誇張點說，真正的相愛或許是我們對愛人的了解甚至比了解自己還要來得深。

如果我在陽光明媚的夏天裡對你一見鍾情，我一定會在我們嘗試過在雨季中等到雨停、看到彩虹之後，才開口說喜歡你，因為我怎麼愛你都抹不掉一個事實：愛人在最早的時候，都只是互不相識的陌生人。

哪怕我們的溝通從客套的交流變成真摯的交心，還是用光速的速度變得比其他人熟絡，當我們回到各自的世界裡，我跟你也始終算不上「我們」。

其實我們不怕遠方比想像中遙遠，但因為青春有限、分秒必爭，所以連

一步的冤枉路都不願走。大部分人的思維都是愛一個人就要盡早把對方私有化，彷彿他們每在人海中多待一秒鐘，就多一分跟別人遠走高飛的機會。

假設我們把愛情變成一道科學題目去對待的話，基於速度與準確度並不共存（Speed-Accuracy Tradeoff），我們很快對一個人產生好感不一定等於喜歡，若想要擁有這種稀有的情感，就一定要透過時間反覆確認。

「喜歡」這種感覺其實沒有從一而終的義務，所以我寧願用自己的方式悄悄喜歡你久一點，幾個禮拜也好，幾個月也好，等我們沉浸在時間裡再醞釀多一會。到時候再看看我會不會比一開始更喜歡你，還是這些喜歡已經被轉化成了純粹的欣賞，又或者我會覺得我們始終不匹配，而漸漸不再對你抱有任何逾越界線的幻想。

俗語說來得快，去得快，如果我對你只是如此潦草並膚淺地喜歡，那我最後得不到你又能怪誰？

如果提早磨合，那麼在相愛之時我們只需要忙著熱戀就好了。年輕時的愛情追求神祕感，才會令人覺得越得不到就越想要。只是眼下的我和你不想再把力氣花在互相猜測上了，在對方面前，我們都不必藏起那些正在醞釀的好感，但如果哪一天我真的開口說喜歡你，那便是我對你的承諾與決心。

有時候為了達到目的地，繞路是我們唯一的選項。再等我一下吧，等我

確認了自己的心意，我會把所有的愛……不，連我的偏愛全都過戶到你的名下。

凌晨 2：03，
我不想到時候才發現是自己搞錯了，
看著你失望的樣子我卻無能為力。

Words@3am
3am.talk

 換你告訴我吧，
如果喜歡是衝動的話，難道愛不應該是
忍耐嗎？
一個願意放慢腳步去等你準備好的人，
不是更值得我們交託真心嗎？

Message...

3am.talk
Ha Long, Vietnam

2:14

Saturday, 3 April

MESSAGE   now

3am.talk
好喜歡你說「喜歡你」時的樣子

♥ **9,213 likes**

#喜歡我   #心意   #浪漫

2.
好喜歡你說
「喜歡我」時的樣子

這是一個不需要動真情也能說情話的年代，隨口說出來的愛意似乎顯得太輕浮，但是認真編排過的對白也會讓氣氛變得太沉重。我們不再寫情書給心上人，終於在深夜寫好的情歌也只敢在街上彈給路人聽。

越在意對方，就越害怕他們不懂得如何回應我們的喜歡，這種忐忑不安的感覺會跟著我們很久，甚至不會因為有幸成為彼此的伴侶，而根治愛情會消失的本質。到底是太難說出口的話憋在心裡太久才會變成祕密，還是不甘示弱的我們害怕這種喜歡一旦落入對方手裡，就會成為他們往後操控我們的把柄？

我喜歡你，在我唱情歌的時候唱過好多遍。印象最深刻的是陳小春那句「我喜歡你，是我獨家的記憶」，或許作詞人也很清楚明白，比起在愛人面前紅著臉開口說喜歡，我們更習慣把自己的愛意藏在記憶深處，等到四下無人的時候才小心翼翼地打開潘朵拉的盒子，仔細回味過去跟你有關的一切。

我曾經用開玩笑的語氣向你表白過很多次，在畢業紀念冊上寫過、在KTV拿著麥克風唱過、在聊天對話框裡輸入完之後又刪掉。看來我們

在第一次跟對方表露心意的時候，已經把太多勇氣揮霍掉了。哪怕我已經得到可以守護在你身邊的名分，而你也得到了獨占我的權利，我還是很想要讓你知道我有多喜歡你。

我怕你昨天晚上熬夜太累，今天起床就會忘記我有多喜歡你；我怕你在外面被別人隨口一說的笑話逗樂了，就會忘了在家裡等你回來的我比他們都喜歡你；我怕我們哪天在言語之間出現了摩擦，傷心的你就會忘了難過的我其實還是好喜歡你。

心意總是變幻莫測又讓人摸不透，沒有人敢說它會一直如初，今天不知明天事，或許我們一覺醒來窗外就已經是新的世界，或許一個翻身才發現枕邊人又換了一個。所以如果每天起來都是新的一天，那麼每天都跟你說一次喜歡你，只不過是為了告訴你：嘿，今天的我又找到喜歡你的理由了。

這種在三秒之內就能準備好的小浪漫，我每天都想送你好多遍。

喜歡跟愛是兩件不一樣的事情，我不想等到七老八十的時候，只能無奈地愛著你卻打從心底不再喜歡你。因為在社會裡打滾這麼久的我們，終於接受了現實殘酷的那一面，我們越靠近對方，就越會注意到那些改不掉的壞習慣，我會開始挑剔各種你覺得不重要的細節，你的脾氣也會在我面前肆無忌憚地爆發。

如果兩個人在一起僅僅只是「沒有不快樂」，只是為了不食言才勉強背

負著這份責任，這種說不上溫暖的善意反而比「不愛」更傷人心。不要用愛情昇華到親情這種爛藉口來敷衍彼此，沒有喜歡就沒有了激情，失去溫度的感情最終只會導致我們渴望外面的花花世界，在另一副陌生卻神祕的身軀上尋找內心久違的火花。

要做一個及格的愛人，首先要學會不要因為面子而刻意把愛壓抑在心裡。因為累積在心上的愛會讓你感到疲憊，對方也會以為我們最初的心意早已被時間漸漸耗盡。

到底是我們不擅長表達自己，還是覺得反正對方早就知道了，所以才會如此吝嗇說出「喜歡」這兩個字，毅然決定把這落落大方的心意變成不可告人的祕密？把喜歡埋在心底只能算得上體面，卻說不上是深情，既然我們可以用對方的體溫相互取暖，又何必執意在寒冬裡各自鑽木取火？

所以說，如果這個流行三分鐘熱度的世界裡真的有一輩子的熱戀期，而我跟你的愛情也沒有從「可愛」慢慢變得只剩下「可悲」，那一定是我們兩個人刻意付出和精心經營出來的回報。

我記得上次跟愛人說「喜歡你」是兩人剛吃飯，他替我把胡蘿蔔都挑到自己碗裡的時候。「喜歡你」這種肉麻的台詞，我只會在感受到自己內心的喜歡要溢出來的時候才會開口說，但這句話我一天可以說上數十次。

因為眞的好喜歡、好喜歡，只要你在身邊就藏不住的那種。

凌晨 2：14，

我生怕你不知，

愛你這回事我比任何人都還勇敢。

Words@3am
3am.talk

 換你告訴我吧，
你有多久沒跟愛人互相說喜歡了？
萬一兩個人的相處裡失去了激情，那是
愛情的錯還是我們的錯？

3am.talk
Vatican, Vatican

2:27
Saturday, 3 April

MESSAGE   now

3am.talk
詩與遠方和你 能不能都是我的

9,213 likes
#詩與遠方　#懂事　#包容

3.
詩與遠方和你，
能不能都是我的

成年人的生活很忙碌，要過理想中的生活就要比別人付出更多的努力。高中用了幾年時間去理解什麼叫「友情」，大學時又用了幾年的時間去搞懂什麼叫「夢想」，直到依然懵懂的我們開始步入社會，似乎就要用盡餘生幾十年的時間，去承受和抗衡在「打擊我們」這回事上從不手軟的「現實」。

有很長一段時間我都找不到一個最合適的平衡點。

一天的時間就那麼多，我怕去追逐遠方的話，就沒有辦法給你寫詩。我怕在年輕的時候為你放棄了浩瀚宇宙，待我兩鬢斑白，卻依然一無所有的時候會忍不住去怨恨你。我不願意站在此岸看彼岸，最後只落得兩頭不到岸的下場。遺憾這種東西多一個不算多，有時候卻又覺得一個都嫌多。

我不敢奢望你會放棄心中的理想，只為陪我去一個你從沒想過要去的遠方。我不想做一個自私的愛人，用愛的名義逼你迎合我。

如果你想要的東西我給不了、如果我們之間的未來只能在兩個版本裡二

選一，是不是就說明了不夠強大的我根本沒有愛你的能力？

「沒關係，你想去哪我都帶你去。」

幸好還是有人可以一眼就讀懂了我心裡的憂慮，甚至願意在擁抱中陪我長相廝守。很多人都對「懂事」有一種很深的誤解，以為只要學會收斂和獨立，自己就能成為不會給對方添麻煩的好情人。

當遇上一個真正懂得跟你相處的人，就可以分得清，原來懂事跟成熟真的是兩回事。前者是一種善良，不占便宜也不給別人亂添麻煩，而後者是一種智慧，懂得站在別人的立場上思考，並做出合理的判斷。

所以一直以來我們都很努力當一個安分守己的愛人，彷彿留給對方足夠的個人空間和自由，就是我們唯一明白的相愛方式。你不主動約我，我絕對不會天天吵著要見你；只要你跟異性沒有走太近，我也會盡量控制好自己的醋意；只要我在你心中排在前三名，我就不會太在意自己不是你心中的第一名。

你說我們有多愛一個人，才會容許自己為了縱容愛侶，而飽受這種不該有的委屈。如果都到了這個地步，愛人還不懂得心疼你，那或許他們才是一個不及格的伴侶。

「懂事這回事，你留給外人吧！只要想我了，儘管開口。」

要知道，你也有被人偏愛的權利。如果他連你軟弱無力的時候都不願意出現，往後就會陷入「你總是陪著他，而他總是不陪你」的惡性循環裡。

成熟的愛應該是我不怕你隨時來打擾我，而且不是要你自覺地站在一條界線後面，要等到我的批准，你才能進入這個只屬於我一人的空間。

正因為我是一個生活可以自理的成年人，我會確保自己有偏愛你的能力，能見你的時候哪怕飄洋過海都會去陪你，就算抽不出時間親身到場，也有辦法安撫你所有的不安和牽掛。

其實我知道你一點都不孤獨，甚至不缺陪伴，如果你在說想我的時候都不指望我會出現，所以若你決定離我而去，那也是我一手釀成的。

陪伴不應該變成生活裡的第二份正職，早上一直無法進入專注的狀態，下班的時候卻好像多待一分鐘都會要了他的命一樣。

一個想陪你的人，沒有那麼多藉口，一個不陪你的人，或許真的跟你不配。

我知道愛人沒有義務因為我而成為絕對無敵的超級英雄，也不必因為愛我而承擔所有重擔和負能量，但是能在險惡的世途裡，找到一個願意包容我們的人，除了幸運，唯一能想到的解釋就是你沒有自己想像中那麼不濟。其實一直以來只懂得為人著想的你，也值得有人全心全意地對你

好，也值得擁有一個只要你開口說想念，就會飛奔而至的人。

你一定要一直相信，在七十八億人口裡，總會有這麼一個人，會單純地因為你是你而深愛你。

凌晨 2：27，
詩裡有你就好，
遠方的風景裡有你的身影就好。

換你告訴我吧，
他給你的愛，跟你一直渴望的愛情是同
一個模樣嗎？
當他堅持用他的方式愛你，你是更幸福
還是更悲傷？

3am.talk
Queenstown, New Zealand

2:30
Saturday, 3 April

MESSAGE   now

3am.talk
永遠永遠 原來永遠太遠

♥ **9,213 likes**

#承諾 #永遠 #不可及

4.
永遠永遠，
原來永恆太遠

你可以許下各式各樣的承諾，但千萬別在它的前提加上「永遠」這兩個字。一天只有二十四個小時，除非時間靜止，不然誰都沒有能力在這有限的時間裡，仿製出一個叫「永遠」的無限時空。

所以「永遠」就是你那張寫錯日期的支票，不是因為餘額不足，不是做出承諾的那方選擇了背信棄義，也不是愛情的世界裡沒有永遠，而是我跟你身處的時間軸裡，本身就沒有這種概念。

如果這兩個字不說出口，就沒有辦法用心感受到的話，那麼它也只是我們之間一種言語上的情趣，是我為了討好你才說的伎倆，並沒有多少實質上的意義。

「我從來不敢給你任何承諾，是我知道我們太年輕，你追求的是一種浪漫感覺，還是那不必負責任的熱情。」

這是張信哲在一九九四年時推出的一首名為〈別怕我傷心〉的傷感情歌，那一張專輯叫做《等待》。或許他唱的都是我們的故事：我遲遲都不敢對你許下承諾，是因為我一直在等，等你看清自己內心想要的人到

底是不是我。畢竟花花世界裡有太多誘惑，年輕的我們也擁有太多條可以隨時撤離現場的退路。

有時候沒說過「永遠」都不知道曾經有多少個真心替對方許下的諾言，原來都是自己一手搞砸的。

一想到這裡，我突然心裡一涼，原來「永遠」這二字連個「玩笑」都稱不上，它只是我們沒有其他辦法給對方更多的愛，才隨口說出來以搪塞對方的緩兵之計。

我們害怕愛情隨時會結束才假設永遠是真的，把期限提早設到很久很久之後，奢望這樣熬著就能撐到時間的盡頭。當認定永遠根本無法實現的時候，才願意靠自己的力量去投資、付出，因為你知道稍有不慎，愛情都會輕易地摔成粉身碎骨，與其交給時間這個第三者去維繫，還不如用自己的雙手把握好這段來之不易的關係。

「永遠」是一面照妖鏡，把我們光鮮外表下的真面目表露出來，不偶爾拿出來看看，就會忘了自己根本就沒有自稱的那麼深情與專一。

所謂遙不可及，重點不在於這個終點的距離被我們設計在一個多遙遠的地方，所謂的「不可及」指的是我們再怎麼編造一個十全十美的包裝，都只是徒勞，有些去不了的地方注定就是去不了。

我不想用承諾來圈住你，因為一個人若只為了當初的諾言而勉強相愛，

那愛情也會失去它當初純粹的意義。如果哪天你不愛了，也不必自覺慚愧，好好跟我道個別就行了。

如果我在這段短暫相處的日子裡，真的學會將心比心的話，相信我也可以說服自己別掙扎太久的。

我喜歡你，但我不願意隨便跟你說永遠。如果少了這層保障，我們最終還是落得曲終人散的結局也沒關係，我不會像一個得不到糖的孩子一樣哭鬧，我會慢慢重新學習如何過一些不再跟你相愛的生活。

我不是無法不愛你，我只是不願意不愛你而已。我知道你很特別，也知道當離別那一天來臨的時候，自己會有多捨不得你，但我不想在剛說完愛你，就隨即用一句「永遠」去辜負你，也不想等到七老八十的時候，還要用這種自私的方法去慨嘆自己曾經跟永恆有多麼接近。

別再騙自己愛情有永遠了，它會讓你沉醉在往後的幻想，以為這次不行的話，還會有下一次，以為現在沒有和好的勇氣，那就等會兒再補救也不遲，因為畢竟我們說好了永遠。

你看，恰恰是因為我們相信永遠，才會白白地在等待中錯過對方。你沒有把握好當下的時刻，美好的日子就不會主動找上門來。「永遠」不該是我們懶惰、不勤奮的藉口。這個世界是沒有捷徑的，你真正付出了多少，不僅愛神全看在眼裡，連你的愛人心裡也有數。

如果我們還沒好好愛眼前的伴侶，又有什麼資格執意跟時間賽跑？

凌晨 2：30，
只有那些玩世不恭的人
才敢隨口說永遠。

Words@3am
3am.talk

 換你告訴我吧，
「永遠」這兩個字，真的能替你帶來他
一直都沒給你的安全感嗎？
你不怕實現不了的時候會更失望嗎？

 Message...

3am.talk
Auckland, New Zealand

2:41
Saturday, 3 April

MESSAGE   now

3am.talk
你是友情 還是錯過的愛情

❤️ **9,213 likes**

#友情 #愛情 #獨角戲

5.
你是友情，
還是錯過的愛情

一開始只是純粹想對你好，但在不知不覺中我竟然悄悄動了情，期望你也能給我一些類似心動的回應。

幸虧我們也不只是普通朋友，相處中總藏著一些足以讓我動搖的曖昧和儀式感，不管是深夜的電話，去旅遊時特地寫給我的明信片，還是手機通訊錄裡的暱稱……我不願意相信你跟任何人都可以如此親近。

是不是當朋友比當愛人更有默契的時候，守候會比相愛更顯得長情？

不夠堅強的我總會在不能擁抱你的時候，用這種殘酷卻溫柔的藉口，來說服自己遠離內心那些不安分的私心。

我聽說有些愛情或甜或酸、或苦或辣，可是偏偏不願意跟我談情說愛的你卻樣樣皆是。

你身旁那個專屬位置換了很多個人選，你用熟練的語氣跟我說，恰恰是因為你跟他們曾經在一起，才知道那些都不是你想要的愛情。

我藏不住自己的欲言又止，你卻看準時機般地又將了我一軍說：「不曾得到就不會失去，幸虧我們之間這種朋友身分可以是一輩子的。」

這是我聽過最荒誕的藉口，卻也是我重複心軟的理由。我用幽怨的眼神凝望著一臉無辜的你，你越委屈我反而越悲傷。

「朋友」是你給我最溫柔的判決，原來我有資格做你永遠的後盾，不代表有機會做你短暫的唯一。

我嘆服你可以用這種矛盾的心態，輕易地擊敗我，你口中簡單的一句「一輩子」，就已經讓我不忍心恨你太久。

誰願意承認自己高估了自身和愛情在對方心中的地位？「有實無名」這四個字已經如此錯綜複雜，始終還是支撐不起我們之間那如履薄冰的關係。感性不讓我恨你，我的身分不容許自己光明正大地愛你，甚至連我的牽掛也不需要時間去忘記你。

我哪有恨你的勇氣……噢，不。我恨自己沒有恨你的勇氣。

我寧願這是一場你追我跑的苦戰，也不希望是現在這種你不朝我發動攻勢，我還要主動向你投降的局面。你越是對我敞開心扉，我越找不到一個可以辜負你的藉口。給不了你想要的幸福，唯有換個方式去守護你的安穩。

後來我們維持著這種表面的和平，拖了很多年。你把軟弱交付給我，然後我只能眼睜睜地看著你在別人面前，把壯志凌雲表演得淋漓盡致。你說你會想起我，但我也不是沒愛過人，「想起我」跟「想我」，我知道很相似但實際上又有著天差地別的距離。

原來早在很久以前，這場暗戀已經變成了我的獨角戲。你寧願做那個沒有臺詞的路人甲，甚至是舞臺下會在中場離席的觀眾，也不願跟我同臺上演一齣對手戲。單人劇本裡的對白不多，無非就是在不甘心時，氣憤地說「我憑什麼要……」或者是後來心軟的時候，把這句話翻譯成「你怎麼可以讓我……」

表演其實早該謝幕了，只是當我說完最後一句臺詞後，看到你雖然心不在焉，卻依然沒有離開觀眾席，才會硬著頭皮繼續編出一些情節來留住你。

你輕輕地說了一句「我需要你」，但當這句話傳到我心裡時，卻被我解讀為「我不愛你」。這種感情說的好聽是愛情，可是愛情好歹是雙向的，眼下這種一廂情願的戲碼中，我既是被害者也是始作俑者。說難聽點，充其量也不過是我的進退兩難而已。

如果無法說服自己世界之大無奇不有，我栽在你手裡，只能說是我一個人闖出來的彌天大禍。

所以我們到底是陌生人、朋友，還是情人，你挑一個吧！還是像平時一

樣，你說的算。只要是你決定的，哪一種身分我都可以欣然接受，但別要我單單爲了一個光明正大去愛你的機會，就心甘情願地耗盡自己的青春。最怕你告訴我這既是愛情也不是愛情，畢竟半眞半假的感情才最致命。

凌晨 2：41，
我把青春給你，
你把餘生還給我好不好？

換你告訴我吧，
你愛過的那位親朋密友後來怎麼了？
在你面前，他最終選擇了友誼永固還是
愛情萬歲？

📷 Message...   🎤 🖼️ 😊

3am.talk
Bangkok, Thailand

2:58

Saturday, 3 April

 MESSAGE   now

3am.talk
這次 別再讓相愛變成傷害

♥ **9,213 likes**

#傷害 #機會 #一刀兩斷

6.
這次，
別再讓相愛變成傷害

如果我們經歷過離別，也不是頭一回嘗試相愛，那麼這一次就是我們最後的機會了。

曾經分開過的愛侶必須經過長時間的沉澱才有再相聚的可能，這可能是幾年，可能是數十年。但就算我們有幸再見，卻早已不是當時那個捨不得放手的人。

我戒掉了從前的任性，雖然偶爾還是會在深夜裡沉醉於胡思亂想之中，但起碼知道放過自己可以解決一半的問題。聽說你也一改以往的衝動和固執，縱然你還是會堅持己見，但也終於在碰過壁之後，學會什麼叫外圓內方。我承認自己確實怨恨過你，也知道那是每個人在年輕時必修的課題，只是剛好幫我上課的人是你而已。

在分開的時候就一刀兩斷會比較好，不然連道別都不清不楚的話，就會錯過好好說再見的時機。

時日如飛，再見到你的時候，舊情已在不知不覺中，逝去差不多有三千天之久。奇怪的是我沒有刻意去數你離開之後到底過了多少個春秋，雖

然沒有常常回憶起你轉身離開我的畫面，但這輩子卻似乎都忘不了。我甚至做好了此生不再相見的心理準備，萬萬沒想到，我們最終還是有了聯繫。

第一次重逢，久違的我們都選擇客套地聊一些無關痛癢的話題，不約而同地避開了以前所有的舊人與舊事，或許在外人眼中，如此生疏的我們根本沒有半點像舊情人的嫵媚和曖昧。

或許是好勝的我希望自己過得比你好，又或者是為了壓抑自己對於這次重逢的激動，我才會刻意假裝對你這些年的際遇漠不關心，然而在跟你對視的那一刻還是破了功，忍不住懷疑此刻我們過分的禮貌是出於不熟絡，還是我們各自都在壓抑著內心那種早已天馬行空的幻想。

我知道這種心態十分矛盾，也知道不該存有太多不切實際的幻想，但舊愛如果能在這次聚頭之後，再次變回新歡，大概是一個像童話故事般浪漫的故事。

看來不管過了多久，我們還是會對愛過的人想入非非。重新相愛是一件很讓人疲憊的事情，信任跟勇氣早就在上一次的離別中遺棄了我們，所以就算滿懷愛意，也少了想要靠近對方的衝動。

說實話，我們誰不曾被對方那像一盆冰水一樣的平靜澆熄了那些短暫的憧憬？所以後來再次為你心動的我，只想在心底喜歡你，卻已經不再奢望我們還會有任何開花結果的可能。畢竟是我沒把持好自己，從悲觀到

絕望也是我要承受的心酸，只是同樣的下場，我不忍心要你陪我重蹈覆轍。

但這次，上帝卻不這麼認為。或許祂覺得我們彼此都經歷了足夠的磨練，所以才會在修成正果之前，安排我們重新在一起，一起通過這條情路上的最後一道難關。

那些最後兜兜轉轉又在一起的情侶，大概在當初分開的時候都不是非對方不可，等傷口癒合之後，也真心真意地體驗過沒有對方的生活。我們沒有忘記對方，不代表餘生就只能對舊愛念念不忘。年少氣盛的我們被生活磨去了稜角和傲氣，更懂得善解人意，更清楚知道自己適合什麼、不適合什麼。所以如果已經成為比以前更值得的自己，就算不再是初相識時的我們，其實未嘗不是一件壞事。

我說過，我不相信那套「在錯的時間遇上對的人」這種謬論。我們無法否認以當時的時間點而言，你跟我確實就是彼此那位最錯的人──我給不了你想要的幸福，你給不了我渴望的安穩。眼下的你，比以前那個你好多了……不，或許兩個你根本就是完全不一樣的個體。

重新愛一個曾經互相傷害過的人，是一件超越自己極限的事情。我們不僅要包容對方現在的瑕疵，還要對過往那條礙眼的傷痕釋懷。情人這個身分對於我們來說既熟悉又陌生，要拿捏的分寸反而比愛一個新歡還難把握，幸好還算成熟的我們，沒有因為是舊識所以表現得肆無忌憚，反而是更小心翼翼，因為我們都不願意讓好不容易重新牽起的手去承受更

多的風波。

曾經我們都不知道世界有多大，所以才錯過彼此。如今我知道世界有多大，我帶著你去看看沿途美景。願這回我會更懂得珍惜你，你會比上一次對我更為之著迷。愛過的人如果有幸再相遇，那就豁出去再愛一次，但是真的一次就夠了。

凌晨 2：58，
我既然願意陪你談笑風生，
自然就不怕為你再次動情。

換你告訴我吧，
現在的你有勇氣跳出舒適圈或者嘗試主
動一回嗎？
如果沒有，那昔日的舊愛又憑什麼對你
刮目相看？

輯4
4A.M.——情似人生

相愛的火花似乎在平淡無奇的日常生活中漸漸冷卻，反而難關與問題卻一次比一次嚴峻。當我們太早預支了愛情裡的甜，最後就要提早面對後面那些漫長的苦澀。我們開始覺得疲憊，還不想放棄這段感情卻又已經感到麻木。

一念天堂一念地獄，如果得到愛情不代表可以擁有幸福，那麼相愛的意義到底是什麼？

有時候我們必須接受，再愛也不一定合適。有時候我們必須要放過自己，畢竟他真的不夠愛自己。

3am.talk
Bali, Indonesia

4:06
Saturday, 14 August

MESSAGE   now
3am.talk
當初的可愛 變成了最後的可惜

♥ 9,213 likes

#可惜 #可愛 #緣分

1.
當初的可愛，
變成了最後的可惜

最怕變壞的感情像修也修不好，連想要扔掉時，都沒有地方願意回收的東西。有時候會想，是不是因為運氣不好，所以才在好不容易等到終於學會用真心待人的時候，卻再也沒有純粹的愛情。

為什麼現在的戀愛都這麼複雜，在一起之後，要處理的麻煩事、要經歷的風波與傷害，似乎比很多很多的喜歡還要來得多。你說，是不是因為我們得罪了邱比特，還是生活的真面目太殘酷，導致好的事情還沒享受夠，壞的事情卻接二連三地發生？

如果你問我，我會說：其實是因為我們太天真。

本來以為等不到下雨，我們就沒有辦法看到舉世無雙的青花瓷是怎麼塑造而成的。可是等我終於一個人淋著雨的時候才明白，一個人若想燒出脫俗的青花瓷，除了有跟雨的緣分外，還必須要有異於常人的藝術天分。

在幾年前的某一個深夜，寫完稿的我伸了伸懶腰，精心地替自己煮了一碗麵，接著把廚房收拾得整整齊齊，刷完牙後還敷了一張補水面膜。臨

睡前我再看看手機，已經凌晨四點多，他還沒回家。當時心裡沒有多少波瀾，也沒有任何要怪責他的意思，只是我在一瞬間接受了那個我逃避多時的現實：這個人我既等不到他回家，也不會等到他長大。

不是每個人都能從刻骨銘心的經歷中吸取教訓，也不是這次誠心地認錯，同樣的事情就不會再次成為我們的困擾。從前別人等過我們，然後很久之後，我們又用同樣的姿態等過其他人。

世界上雖然沒有完全合適的兩個人，但一定會有人願意為了你而努力變得更好，甚至從某個角度來看，如果我看過你拚了命都想變好的那一面，那麼就算結果未盡理想，我也不介意。或許在一段關係裡面，我跟你唯有及時對愛有所覺悟，才有機會讓一顆心真正地靠近另一顆心。

用緣分去換天分，這種心態通常都是雙雙慘敗收場的序章。

我們從相識中看到愛情開花結果的可能，最後孤注一擲，把對全世界的寄望都投放在一個人的身上。所謂的緣分，只是我自圓其說的說法，試圖替兩個擦肩而過的人添上一些朦朧的羈絆。

是出於對伴侶的期盼也好，還是成年人之間的尊重也罷，雖說每個人身上都有一些不光彩的瑕疵，但對於大部分的事情，我們總會縈繞著「需要改正的問題越少越好」的這個前提，在心目中那張成績單默默寫下最後的分數。

不論在工作中、社交中，還是歷練中，很多事情其實都可以做更多的準備，而不能全靠臨場發揮。「效率」彷彿是一件傷感情的條件，但愛情不是生活裡的例外，縱然沒有天賦，卻還可以努力，可是若最後連努力的機會都抓不住，在沒有一絲猶豫的情況下，最後只能慨嘆一聲無緣。

無可否認年少時，雖然嘗試追求完美，但談戀愛可以是從零分開始的基礎、一直為對方加分的浪漫。等到步入社會之後，當我們發現遺憾總是無法避免，所有交往的過程慢慢由發現優點變成發現缺點的時候，或許潛意識會更習慣地從滿分開始的期許，慢慢透過觀察與相處，逐一扣對方的分數。

我等過你，但每次等到的卻只有失望；我給過你機會，給過彼此磨合的空間，但你每次不僅得寸進尺，甚至還會變本加厲。不是我包容不了你，而是我等不了你。兩個人在一起，不是因為誰的先決條件有多麼的優秀，而是兩人之間曾經有人看到可以一起變好的機會。

在成績單上，我們要看的不是勾勒分明的分數，也不是一個人當下的能力，而是他在未來可以發揮出多少潛力。

等不了你成熟，那我只好靠自己的力量變得成熟。喜歡足夠讓我靠近你，愛也讓我找到理由一直守在你身邊，你需要的時候我每次都在，可是當我需要你時，就算你偶爾會出現，可是你的心依然在別的事情上徘徊。

幸好，我在永不翻身之前終於說服了自己，原來像你這樣的人啊，不是像我這樣的人說等就等得來的。

凌晨 4：06，
那就再等等吧，
等不到他長大總也能等到自己心死。

換你告訴我吧，
我們要消耗多少青春才可以換來安穩
的生活？
你昨天想要的，今天才得到，今天想
要的他明天才給，這樣等下去的意義
到底是什麼？

3am.talk
Queenstown, New Zealand

4:15
Saturday, 14 August

MESSAGE   now
3am.talk
所謂的適合 都是不夠愛的煙幕

9,213 likes
#適合   #自私   #妥協

2.
所謂的適合，
都是不夠愛的煙幕

如果愛你的人跟你合不來，可是適合你的人你又愛不上……莫非被愛神厭惡的我們就只能無奈做個孤家寡人？

到了二十幾歲的年紀，我們終究會遇上一個所謂「合適」的人。他可以包容你的小瑕疵、不會強求你改變自身的本性，也不需要你刻意迎合他的喜好或者生活習慣。

你本來以為一個人對你好也算是誠意，就算做不到一見鍾情，畢竟省下這麼多用來磨合的時間，或許這樣的人也值得你用日久生情去彌補。

對著喜歡的人一日不見如隔三秋，對著不夠喜歡的人卻度日如年。

跟喜歡的人共度的美好時光我們叫「和睦相處」，我希望你好，你也期盼我好，就算偶爾會有不同的意見，但也算得上是處處為對方著想。

可是對於眼下的生活，我只敢用「和平相處」去形容，我們之間沒有爭吵不是因為彼此有多契合，只是適合這兩個字，讓兩人都可以對很多本質上的問題做到視而不見。

相知相守卻不相惜，且二人之間確實有感情，但這到底是不是愛，我們既不願深究又何必故意說穿？

在愛情的國度裡，「適合」這兩個字總帶著一些「自私」的影子。

因為我們總在想對方擁有多少個配合自己的潛質，而不是想自己有多少能耐能成為對方的託付。

找到一個適合的人，是在他面前，我不僅自私還有理直氣壯的權利，因為適合，他可以滿足於我心裡有他，卻不需我去證明自己有多愛他，或者此生真的是否非他不可。

在這段關係的早期你就有所察覺，很多時候一拍即合未必就是一見鍾情，甚至當我們一步步走到了尾聲，心知自己害怕錯過這種人，卻一點都不害怕失去這個人，說穿了，其實兩人也沒那麼適合。

不是跟一個適合的人就可以避免受傷，其實我也不介意在心上為這個人也留下一些疤痕，但跟一個算不上很愛很愛的人在一起，就算以後餘悸猶存，但起碼餘生不必害怕念念不忘。

適合與喜歡，選擇前者的人，其實大部分都沒有真正放棄過後者。

我喜歡你、你喜歡我，但如果這無法變成相愛，再怎麼適合也說不上有多適合，給予對方的包容裡，實際上也沒有多少真正的包容。那些看似

風平浪靜的日子裡，我們都很有默契地保留了一部分的自己，不讓對方觸碰、不為對方所動容、也不受對方所管束。

那一部分的我們，在愛面前總會毫不猶豫地選擇自己，而永遠不會有一刻聯想到對方。

反正適合，我可以說服自己退而求其次，去喜歡一個我不可能愛上的人；反正條件還可以，那我可以接受你一些無傷大雅的缺點；反正沒有更好的人選，那不如在一堆還可以的人選裡挑一個最好的。

你也不用擔心，承諾過的事情我一定說到做到，只是這一切的前提是我能在任何時候，保留自己隨心所欲的權利。

跟一個適合的人在一起，就是把自己戀愛的初心封存起來，把心思跟時間的分配重新規畫、把期許跟現實的地位重新排列、把愛情跟感情的定義重新調整。

一開始我覺得這一切都過於薄情，兩個人到底在青春裡碰過多少壁、被無情的歲月磨去了多少稜角，才會徹底放棄期待愛情？

但當你經歷過這些考驗時，不得不承認在成年人的世界裡，其實都是公平的，我們都是為了避免互相傷害才選擇互相利用，兩個人適合在一起，不代表他愛我。

說穿了，我們都選擇跟自己妥協，若非要說這中間有任何不妥，誰都不敢說自己是完全無辜的。

凌晨 4：15，

別自欺欺人，

拿別人的適合掩飾自己的寂寞。

> 換你告訴我吧，
> 面對適合的人，你花了多久時間說服
> 自己接受他？
> 如果對方說你是那位適合的人，你是
> 否會甘心一輩子僅做一個適合的人？

 Message...   🎙 🖼 😊

3am.talk
Auckland, New Zealand

4:36
Saturday, 14 August

MESSAGE   now

3am.talk
我不願除了愛情 什麼都給不起你

♥ **9,213 likes**

#胡思亂想　#底氣　#卑微

3.
我不願除了愛情，
什麼都給不起你

如果你什麼都不缺，在你身旁的我是否就沒有存在價值了？

視星等（Apparent Magnitude）是天文學家用來衡量星星亮度的標準單位，雖然這個有別於星體本身的發光能力，但總括的概念就是以地球的角度來觀察，一顆星星的光芒越明亮，它相對的等值就會越低。零等星比一等星亮 2.56 倍，負一等星又比零等星亮 2.56 倍，如此類推。或許天上的銀河也是我跟你之間的借鏡，有時候我看著你，就像看著負二十七等的太陽一樣，你的光芒，足足是四十萬個滿月的總和。

女孩子的早熟通常都會衍生出很多情感上的矛盾，而這些大部分都成了男孩子眼裡最不能理解的「胡思亂想」。

年輕時最害怕得不到，彷彿心裡想要的東西一天無法握進自己手裡，一天就沒辦法安撫自己的焦躁與不安。可是人終究會長大，總有驀然發現彼此各有自己的軌道的那一天。到了那時候，我們不會再害怕自己的感情在茫茫人海中沒有迴響；到了那時候，我一個人坐在咖啡店的角落裡，看著窗外街道上的人來人往，從一開始害怕無法從人海之中得到你，漸漸變成害怕留不住你的我最後要親手送你離開。

有時候一個人越喜歡你，我們反而越心虛、越沒有底氣。

當我們帶著這份慨嘆開始一段關係時，只要稍微掉以輕心，心裡最純潔的那一份喜歡就會被黑色的無力感，一滴滴地污染。我想跟你在一起，卻怕你在跟我相處的時光裡日漸失望，發現幸福跟心目中所想的模樣有很大的落差。我喜歡你，卻也怕自己在各方面都沒有像你預期中這麼好。

一段感情終究會從你儂我儂的泡泡，逐漸被猶如細針的現實生活一一戳破。最怕自己在麻煩別人、不能滿足對方的小要求，或者沒有達到對方的期望時，他依然對我展露善解人意的笑容說沒關係。看著愛人為了工作與前程忙到焦頭爛額，為了在夢想和現實中不停做取捨，對他的能力越是欣賞，在這個過程中所形成的反差，似乎越會成為我自卑的原因。有時候我會心虛，怕你教過我成長、等過我成熟，最後失望的你寧願自己辛苦一點，一個人背負兩個人的責任，也不再對實力不夠的我抱有任何期待。

滿月雖然只有太陽四十萬分之一的亮度，但它起碼也有負十二的星等值。但萬一，我由始至終，都只是一顆接近零等的織女星呢？

雖說人與人之間沒有貴賤之別，但很多時候，當你習慣替我解決大大小小的問題，甚至在我苦苦掙扎的時候，都會放下自己的工作、向我伸出援手的時候，我都會陷入無力的沉思裡。我怕你對我的喜歡越是聚沙成塔，但同時，我的缺點也在你面前變得一覽無遺，最後滴水成河的失望

反而更讓你咬牙切齒。

眼看你越是為生活勞碌奔波，我越認定是自己的平庸拖累了你。每次當我們各自回到自己的世界，比如你跟我吻別之後，又或者你在電話裡跟我說晚安的時候，我都會反覆問自己同一個問題：如果當時你選擇了別人，對方能給你的一切是否會比現在來得更幸福？

「不如放生你吧……」

我甚至卑微地向你提過這個想法，怕你會把我的討人喜歡誤會成為內心強大，而你總是更加堅定地握著我的手，嘗試用掌心的溫度來安撫我的不安。面對你溫柔的溺愛，我竟不由自主地對你心生愧疚。

總以為相愛能讓兩人更靠近對方，但偏偏也是這一場該死的相愛，讓我們發現彼此的距離原來有天壤的差別。

這輩子我唯一後悔的，就是為什麼我沒有在單身的時候做好遇見你的準備。每個人都有讓自己幸福的義務，所以如果我們在幾經風浪之後，最後你依然選擇離我而去，那麼不管我再怎麼擅長自欺欺人，都找不到一個可以說服自己的藉口，把這些責任全數推卸到你身上。

你說這會不會是生活對愛神的嘲諷，害怕被福氣包圍的我們遺忘了它，才會想盡辦法搶走那顆快要吃到嘴裡的糖果，不僅把它扔到地上，還要賭氣地再踩它兩腳才願意罷休？

但是這一次，我看著你的睡顏，沒有再掙扎。默默地替你找一個逃生口，自己也做好了明早就離開你的準備，長大了，就不執著於擁有了。注定不平凡的你，就由別人替我守候你就好。

凌晨 4：36，
若我注定下沉，你別奮身陪我。

換你告訴我吧，
如果你不能堅定地說出喜歡我的理
由，我還有什麼顏面留在這裡耽誤
你的前程？
到時候發現其實並沒有非我不可的
你，只會感到一點點的惋惜吧？

3am.talk
Yuchi, Taiwan

4:40

Saturday, 14 August

MESSAGE   now

3am.talk
東風若未破 故人心醉否

♥ **9,213 likes**

#回憶　#往事　#茶涼

4.
東風若未破，
故人心醉否

「誰在用琵琶彈奏一曲東風破？」

懶散的週末午後，三盞清茶、兩種思緒、一卷白紙，下筆間，腦海中盡是自己與故人的對白。

三盞清茶，第一盞清茶敬給現在的自己，初泡之下，雖然茶味平淡，卻也不必棄之。品著琥珀色的茶湯，在這恬淡寧靜中，思索著青蔥歲月裡大大小小的故事；第二盞清茶敬給遠來的故人，香味在茶湯中蔓延開來。人雖是故人，客卻是新客，我們作為記憶的主人，自當以這濃醇的茶香來迎。在自己與故人的兩種思緒縈迴之間，第三盞清茶敬給這名為過去的歌曲，三盞入喉，茶意已盡入茶水之中，苦澀中亦有甘甜，回味自是悠遠綿長。

轉眼間，我們已經到了懂得品茶又喜歡回憶往事的年紀。

話至此，那彈奏著一曲〈東風破〉、將自己帶回到過去的故人，卻又是誰呢？從不同的角度來看，故人可以是多年未見的舊友，亦或是偶然路過的前緣。

但更多時候，故人往往是過去的自己，總是在最懷舊的時刻，來關切自己，想要得到一些答案。

現在的自己，到底過得好不好？曾經走過的路，到底對不對？那些錯過的感情，到底會不會後悔？而每每當這故人來訪，我總會回到記憶之中，為他去尋找這些答案。

「歲月在牆上剝落看見小時候。」

與故人的談笑之間，思緒已然伴隨著茶意，浸溺於回憶之中。當歲月在面前緩緩剝落，便開始在時空中穿梭，回顧著往昔的每一幕。

兩人初次接近時，互相試探的甜蜜在腦海中重現，而自己也彷彿穿越了時間，又一次體驗到了那種心動。鏡頭快轉間，熱戀的眾多畫面一閃而過。第一次與你約會、第一次與你牽手，這一個個場景令自己不禁嘴角上揚，原來曾經的我們，竟是如此的快樂。

不等我慢慢回味這些甜蜜，也不顧我腦中的苦苦哀求，回憶的導演一如既往地將畫面切到分開時的情景。方才的回憶有多甜，這些畫面便有多痛，看著我們漸行漸遠的身影，每次回顧那些爭執的場景，就會在自己的心中再多釘上一顆釘子，那僅有一次的花開，我已經錯過，而錯過之後，便只剩漂泊。

三盞茶後，再多一盞，大概已經苦澀得無法入喉了。

故人如若來訪，莫問昨日陰晴。

從這苦澀中回神，心已醉倒在這名為「回憶」的東風曲中，甜蜜與悲傷相交中，我竟不知該如何給故人一個回應。

猶如溺水之人的掙扎一般，我走到了窗前，試圖從窗外的風景得到一些方向。

或許是上天也想把我從這些思緒中拯救出來，窗外的天氣，一半晴天，一半陰天。

看著這景象忽然想到，東風曲破，又何嘗不是片面的呢？回憶中播放的故事剪輯，往往忽略了許多細節，而這回憶的東風曲，若是加上了那散序與中序，我與故人又是否依舊會如此心醉？一件件瑣碎小事上的分歧與手吵，再加上一次次觀念看法上的衝突與碰撞，那些往日的回憶突然顯得沒有那麼戲劇化。

一路走來，兩人都犯了一些大大小小的錯誤。而當兩顆心都累了，就漸行漸遠了，而這些甜蜜與痛苦的經歷，無可避免地交織成了現在的自己。

東風若未破，故人心醉否？

回顧故人的問題，自己的答案便是昨日非晴，也非陰；亦晴，也亦陰。

當自己的心已不醉，再飲回憶亦是無妨。過去的回憶，也在一次次的沖泡中，漸漸地變淡，終是僅剩清茶的回味。

凌晨 4：40，
筆下隻字未寫，心中卻早有章節。

換你告訴我吧，
你的故人現在過得怎麼樣了？
只要心中仍熱暖，人走了，是不是茶
也不會涼？

 Message...   🎙 🖼 😊

3am.talk
Rome, Italy.jpg

4:53

Saturday, 14 August

MESSAGE   now

3am.talk
你如羅馬一樣綺麗

♥ **9,213 likes**

#綺麗 #微笑 #過客

5.
你如羅馬一樣綺麗

「Roma dicevo sempre troppo caos.」（他說羅馬總是太混亂。）

羅馬，是一座綺麗的城市，是一段不願被人了解的歷史，也是我們無法改變的故事。

當我初次踏上羅馬街頭，濃重的文化氣息與歷史底蘊隨即迎面而來。街角隨處可見的噴泉與雕塑，在這座城市那綺麗的藝術寶庫中，可能僅僅是沒有那麼起眼的一小部分。

當人細細看過這些融入日常的作品，便能發現它們所蘊含著的細節與創造者的故事，放到世界上幾乎任何一個國度，都可以成為人們目光的焦點。例如巴貝里尼廣場邊的蜜蜂噴泉，在我匆匆走過時，它顯得並不如海神噴泉一般引人注目。誰會猜到，靜靜矗立在街角的它，竟也是巴洛克時代的開創者——貝尼尼的作品。

在那一刻，羅馬的綺麗竟然與記憶中的你有幾分相似，哪怕是一些不經意的瞬間，也無時無刻不令我著迷。

你的迷人，在我眼中是如米開朗基羅的永恆，也是如貝尼尼的瞬間。

而這樣的你，卻很少在我面前微笑。

在綺麗的藝術寶庫背後，羅馬是匆忙的，甚至可以說有一點混亂。這曾是世界中心的城市，依舊有無數繁忙的人們與嘈雜的生活。生活的嘈雜讓人很難去感受羅馬的綺麗，就像日常的爭吵讓我很難專注於欣賞你的魅力一般。

「Sara dicevo noi non ci capiamo mai.」（他說我們總是不會明白彼此。）

廣場附近的咖啡館，總是無時無刻不在提醒我，這城市與你之間的相似之處，而我，永遠都是你世界中的那個外來者——喜歡這裡，卻也不屬於這裡。

喜愛靜靜品味咖啡的我，總是為了去尋找一個座位而掙扎著。直到我親自來到羅馬才明白，原來在你的世界裡，或許我只有在吧檯迅速喝完一杯咖啡的時間與空間。

若我想選擇獲得可以多停留一會的機會，便需要付出更多的代價。

同樣地，在你的世界裡，就連牛奶微微的甜香也總是有時限的，卡布奇諾僅限於早晨，而下午的你則不喜歡苦澀的香氣被鎖在過厚的奶泡之下。在這個陌生而又吸引人的國度裡，應該只有簡單的 espresso 可以二十四小時無限量供應，或許這也能解釋為什麼你習慣把感情濃縮到小小的杯子裡。大概是一飲而盡之後的你，在品嘗過愛情後，又可以若無

其事地重新回到自己的軌跡上。

但如果固執的我選擇不顧傳統，希望在某天午後爲你點上一杯卡布奇諾，眉頭一皺的你也不會立刻趕我離開這裡，只是你的眼神始終把我視爲一個異鄉人而已。羅馬總是默默地注視我，也偶爾透過本地人，抱怨一下我這異鄉人是如何格格不入的。

「Ma non l'ho fatto mai, Ma non lo faro' mai.」（但我從來沒有，但我永遠不會。）

我掛在嘴邊的由始至終都是這句對白：若是我不能融入這個城市，我還不如離開。

但我總也沒有離開，但我總也不會離開。

雖然你很少在我面前微笑，但你的每一個微笑，都宛若圓月、宛若盛夏。每當我憶起那個畫面，這一切便不再重要。當我足夠喜歡羅馬的綺麗，它的嘈雜便阻止不了我的停留。

在喧囂的環境和咖啡店裡獨特的規矩與習慣之下，我願意變成一個本地人去融入這座城市。換個角度來看，爲了在你的吧檯前多停留一會，付出更多的代價又有何不可。

或許我需要接受的只是：對於你的世界，我永遠都是那位來自異鄉的本

地人。但這也沒有什麼不好的，畢竟羅馬如你一般綺麗，而羅馬也不曾
為誰而改變。

凌晨 4：53，
我若對著月亮說願意，
你也能聽見嗎？

 換你告訴我吧，
理念相同卻始終不相融的兩個
人，往後該如何論相配？
我要成為一個什麼樣的過客，
才能讓羅馬記住我？

3am.talk
Singapore, Singapore

4:57
Saturday, 14 August

MESSAGE   now

3am.talk
感情若是一盤棋 便註定沒有雙贏

♡ 9,213 likes

#鬥智　#鬥勇　#棋

6.
感情若是一盤棋，
便注定沒有雙贏

「沒事。」
「那我去忙了。」
「晚安。」

這些對白若是出自眞心的情話，便是童話裡最美麗的序章。倘若這些都只是我們爲了換得最後勝利而編造出來的謊言，那它便能翻譯爲我們在棋局裡精心策畫的每一步。回想在這段感情裡，不管是有心還是無意，不擅長棋藝的我們都交過太多次手，沒有半點說服力的我們也說過太多的謊話。

不知道什麼時候開始，沉默變成了人類與生俱來的天性，而坦誠反倒變成必須透過後天努力才能學會的美德。當我們意識到眞相比謊言更刻薄無情的時候，我用口型說出了最符合當下氣氛的對白，無論這一幕的演出有沒有成功籠絡人心，我都會一而再、再而三地告訴自己：我沒有說謊，是愛情說謊。

誰需要一段必須說謊才能維持的感情？可是誰又能勇敢地說自己從來沒有搗住自己的良心，爲了一段感情的輸贏而說過半句虛言？

當一開始的甜蜜慢慢變成讓人眉頭一皺的苦澀，感情中的來回試探就會化身成一場棋盤上的博弈，身穿黑色盔甲的將軍絞盡腦汁，都要與披著紅色戰衣的元帥抗衡到底。

「沒事。」開局是炮二平五，所謂的紅先手走中炮。

感情裡最講究的就是主導權，誰有本事率先收拾好自己、用清晰的頭腦拿捏好步伐的節奏與分寸，東風自然而然就會往他們的方向吹。既然在道理上我們雙方沒有辦法達成一致，洞悉先機的我決定另闢蹊徑跟你打感情牌。在一場爭吵的戰役之中，占得先機的一方都會盡量把第一步包裝得毫無殺傷力，乍看之下是息事寧人，但是往後走的每一步都是為了牽引著對方的情緒。

「那我忙去了。」然後馬8進7，後黑手用屏風馬平穩地對應著。

沒想到你也不著急，反而沉著氣跟我來回對弈。步步為營的你思考了半秒，然後策略性地嘆了口氣，把一半的過錯重新推回我身上。屏風馬是出了名的穩健，前期只要出了卒，騰出來的空間可以讓馬兒發揮它的靈活性。作為後手，雖說理應力圖反先，但你熟悉我的脾氣，在道理面前選擇避而不談大概便是自知理虧，所以即使我主動發動了攻勢，勢均力敵的你也不急不緩，一邊順著我的套路，一邊靜觀其變。後期只要我不主動試探你的底線，而你只要彈性地整頓可攻可守的雙炮，便是最好的緩兵之計。但是所謂「三步不出車，棋已輸半盤」，如果我變本加厲地跟你翻舊帳，你便會不留情面地出車，用更尖銳的方式先發制人，看準

我的弱點咬著不放，根據過往的經驗，等到受不住刺激的我，很快會自亂陣腳然後自曝其短，你便可以扭轉局面然後反客為主。

「晚安。」俥二進三，我不動聲色地開始為中局做布陣。

我把這一次的矛盾跟其他被你遺忘的細節積攢到一起，那些沒有跟你計較過的小事在往後都可以一一成為談判的重點，在象棋裡，這一招叫「雙頭蛇」。為了得到最後壓倒性的勝利，那些你答應過卻沒實現過的承諾、改不掉的壞習慣，甚至是不願意放棄的固執，統統都可以像楚河漢界前的小兵一樣，被我加入戰略部署之中，哪怕你的道理像老虎一樣兇猛，只要你的把柄一天在我手裡，我就不怕自己會處於困境。

感情鬥智也鬥勇，我們不惜兩敗俱傷，都要分出高下。

忙著困獸鬥的我們早就忘了一開始的矛盾，所有的動作都已經從被動演變成失控。直至殘局，面目全非的我們在痛哭流涕中才想起，其實一段感情裡，我討厭你對我說謊，更討厭我們為了一時的勝負，而變成了自己最討厭的人。有時候回想起來也覺得有點心寒，當時為了一己私欲，不惜傷害對方，甚至在這個過程中連片刻舉棋不定的猶豫都沒有。我們什麼時候從相依相偎的愛人，變成了戰場上對立的敵人，還要大張旗鼓地喊著要殺對方一個片甲不留？

我們在矛盾面前堅決不說「對不起」，但想要化干戈為玉帛，明明只需要一個用力的擁抱和一句簡單的「愛你」。

但那又怎麼樣？覆水難收、駟馬難追，走了第一步棋之後，我們都不能假裝什麼都沒有發生過了。

凌晨 4：57，
是不是皆大歡喜也算是一種吃虧，
非要鬥到你死我活才願意罷休？

換你告訴我吧，
到底勝利給贏的人換來了什麼？
用兩個人的愛情去換一個人的尊嚴，
真的是一場風光的仗嗎？

輯5
6A.M.——情似輪迴

你的感情進入一個惡性循環，執著地認為在原地等待就是最有誠意的付出，但他越堅持不回頭，你越懷疑自己是否付出得還不夠。

明明你們曾經並肩欣賞過這裡的風景，難道過去的感動到頭來在對方心裡是分文不值，所以他才會毫不猶豫地投入別人的懷抱裡？

你眼睜睜看著那些回憶慢慢過期，一邊想他的同時，卻也知道自己這次必須要放下他。

3am.talk
Kyoto, Japan

6:02
Wednesday, 1 December

MESSAGE   now

3am.talk
在愛情的舞台上 總有一個傻子

♥ 9,213 likes

#舞臺   #演員   #選擇

1.
在愛情的舞臺上，
總有一個傻子

「我唯有扮演個紳士，才能和你說說話。」

薛之謙的〈紳士〉曾經風靡一時，用淡然又不失溫柔的態度訴說著所有人心中悲傷而情深的喜歡。或許大家的故事裡都有著不同的情節，但至少那種為了讓喜歡的人留在自己觸手可及的範圍，所以決定隱藏自己真實的感覺，我們都感同身受過。

很多人都會覺得「妥協」是愛情裡最委屈的事情，在任何時刻，一旦要為對方放棄自己任何一點堅持和稜角，都會被輕易解讀為對方的不夠愛。情人對「妥協」的刻板印象就是對方若不能接受最真實的自己，那種戀愛親手砸碎也不算可惜。

但是從某種層面來說，所謂的妥協和退讓，又何嘗不是踏出自己舒適圈的第一步呢？我不敢在這個薄情的世界裡做一個樂觀的人，既然如此，如果你非要說我天真，我也不會反駁。但我每次做出選擇時，不會僅是為了取悅你，還會為了突破自己的極限而學習如何迅速成長。若有一天我真的為了你上刀山、下油鍋，我不會怪你把我置身在危險之中，只會想盡辦法活著回來。

所以妥協看似是退步，其實更應該是進步。

這是我對自己的期望，雖然誰也不曾開過口，但這也是大家對紳士的期望。如果我這個新手紳士做了任何逾越界線的事情，請你就把它當作一個無傷大雅的玩笑，一笑置之就好。

畢竟我沒有一副讓你能一見鍾情的模樣、沒有能讓你再見傾心的才華，也沒有能讓你三見相許的本領。如果你對眼前的我無法動心，那我不介意從一個善解人意的紳士開始慢慢做起。連我在很多時候都可能不喜歡我自己，如果你也不喜歡我，也不必對我心存愧疚，我真的能理解你那些不敢明言的言不由衷。

生活到處都是選擇題。

在「真實的我」跟「喜歡的你」之間，我選擇了難得一遇的你。而在「平凡的我」跟「後來的我」之間，我選擇了那個你可能會更喜歡的我。

「該配合你演出的我演視而不見。」

後來比起〈紳士〉，似乎大家對〈演員〉好像更有共鳴。我不知道是悲情歌更深得人心，還是我們在喜歡的人面前展露不出禮貌的微笑，我知道你心裡住著一個人，他的身分我或許知道，也或許不知道，但是我很清楚那個身影絕不是我。既然我沒有辦法用即興的表演給你真誠的祝

福，但我可以用設計好的情節給你最後的成全。

如果我對你的愛是一刹那的花火，在經過多番努力之後，依然沒有辦法掛在牆上，變成一幅可以每天欣賞的油畫，那就說明它注定只能活在我的記憶裡。我不介意你不愛我，但我介意自己在這個時候還要像個孩童一樣耍賴，明知你會心軟，還要找個藉口讓我們可以晚一點才道別。

時間哪有別人說的那麼偉大，它終究無法打動一段結不了果的戀愛。恰恰是因為我愛你，才知道永遠等不到「得到你」這個結果，也等不到你主動推開我。所以深情的戲碼要適可而止，不然別人入不了戲的同時，我們已經抽不了身。不論是不愛了還是沒愛過，就算一拖再拖，終究都要散場的。

某知名導演總說：「演不了紳士就做一個壞人，連壞人都做不好的，不配自稱演員，這個時候你若不離場，所有的表演在觀眾眼中都只是獻醜。」這位導演的苛刻人盡皆知，聽說它的名字叫愛情。

可是一個滿分的演員，其實連一個五十分的愛人都不如。

我們之間的關係早已失衡，在我鼓起勇氣離開你之前，我還是習慣性地拿「愛」當成我放不下你的藉口。明知你不為所動，我還是會抱著玉石俱焚的念頭，天真地以為有些愛值得我們消耗自己的幸福。

人們常說一開始有多愛，在分開之後就有多恨。但當我真的帶著心痛離

開你之後，我才明白其實很多時候，氾濫的悲傷都不是來自於「愛」，而是愛而不得的「不得」。如果我只是因為無法擁有你而不離開你，如果演員都只是為了不散場而硬擠著笑臉，這一切到底又有什麼意義？

所以「勉強留下」與「忍痛離開」，這次我沒有逞強地再選擇前者。「真情流露的演員」與「喊卡的導演」之間，我選擇了後者，起碼還能得到一個可以自救的機會。

「不配偉大也不配笑話，最後一下請妙筆生花，紀念那個傻瓜。」

最後薛之謙用了兩年時間，寫了這首沒有多少人真正聽懂的〈配合〉。曲高和寡，或許這首歌本身就不是寫出來讓別人去理解我們的。但這次，我們不再是戴著面具去取悅別人的〈紳士〉，也不再是隨便謝幕的〈演員〉。

〈配合〉不是一首情歌，它本來是述說社會中一種黑與白之間互相抗衡現象。這首歌我忍不住讓它單曲循環了太多天，它的悲壯像是一張不願被墨水汙染的白紙，雖然我們無法阻止它的擴散，但臉上依然沒有半點怯懦，因為唯有正視身上每道傷口，才能把黑色的墨水、紅色的血液，甚至無色的眼淚，在生命的帆布上，一筆一畫地慢慢勾勒成花。

所謂的配合，實際上是為了堅持與抗衡。

在外人面前，旁人負責苦口婆心地說教，而我負責配合地聆聽。在我身

邊其實不乏勸我放下你的人，他們都會說世界這麼大，像我這麼好的人總有人懂得珍惜，何必為了一棵歪脖樹而自毀前程？我笑了笑，面對來自四面八方的批評與論述，只是很配合地說了一聲「好」，但是紮穩的腳步卻沒有挪動過半分。

「你想要什麼樣的愛情，我都會做好迎合你的準備」，這樣的配合算不算是一種以退為進？在愛情面前，你負責傷害、我負責受傷，然後其中一方再負責怪罪、另一方繼而負責承受。如果跟你在一起無法避免爭吵，那就張牙舞爪地吵吧！如果你始終無法理解我，我也不會覺得你無理取鬧，或者反過來責怪你始終不夠明白我。人生本就是一道多項選擇題，可是每當我在眾多的可能性中看到你的臉龐，其他選項包括自由、快樂、夢想，我統統願意為你放棄。

一切，都只為了配合你。

配合，是小時候媽媽講童話故事給你聽的時候，你忍住沒有反過來跟她說現實世界其實是多麼殘酷的事；配合，是情人在跟你講山盟海誓的時候，你學會相信別人真心的同時，有足夠的理智不再輕易相信，承諾真的會實現；配合，是別人跟你說回頭是岸的時候，你願意三思而後行，只是經過反覆思索的結果是一直以來給自己留了太多的後路，既然已經錯了，那就錯到底吧！

在這個命運的十字路口裡，與其選擇「別人強加在我們身上的宿命」，不如頭也不回地走上那條「自己選中的不歸路」，不管這一路上是風和

日麗還是雷雨交加，我們都心甘情願地選擇認命。

凌晨 6：02，

紳士和演員與傻子，統統都是我們。

換你告訴我吧，
你得不到想要的，是命運刻意刁難
你，還是你付出的代價根本不夠高？
三種身分裡，哪一種才是愛情的最高
境界？

Message...

3am.talk
Bali, Indonesia

6:18
Wednesday, 1 December

MESSAGE   now

3am.talk
既然未開始 不如早結束

9,213 likes

#有始有終   #理性   #結束

2.
既然未開始，
不如提早結束

朋友都說結束不可怕，有勇氣跟一個錯的人在情根深埋之前一刀兩斷，是上帝賜予我們重新做人的機會。

年輕時，語文老師手裡拿著厚厚的教科書，她語重心長地跟我們說做人一定要「有始有終」，凡事都要學會堅持，面對困難應該迎難而上，不該半途而廢。所以在多年前，每當提及愛情時，在心動面前我們即使有勇無謀，至少也算得上是奮勇當前。對於當時的稚嫩來說，確實是一件值得嘉許的事情了。

所以年少氣盛的海鳥會不顧一切地跟魚兒相愛，滿身是刺的刺蝟也會對隨風飄泊的氣球一見鍾情。

沒想到長大之後，這個成語被愛情裡一次又一次的心碎重新定義，我終究對有始有終的本質產生了懷疑，或許它真正的意思是所有事物一旦有了開始，結束也就變得無可避免。與其說是「有始有終」，不如說是「有始必有終」。

錯誤的開始，只要及早發現，至少可以在倒數中結束。這麼一來，那些

錯誤的愛情可能在某程度來說，也算是不幸中的大幸吧？不論是錯的開始、不好的開始，還是不應該的開始，雖然結局讓太多人最後心痛如絞，但起碼他們都曾經跟心上人有過一個「開始」，那麼「結束」就算讓人有多不甘心，也始終是一件預料之內的事情吧？

後來海鳥決定不再靠近魚兒，連曾經滿心歡喜的刺蝟也放棄了跟氣球表白的計畫。

在情愛的世界裡，總有幾個壞情人習慣用「理性」做為煙幕，來掩飾自己的不夠喜歡。心裡沒有對方，最深處的感性也無法被觸動，自然拿不出什麼來跟你將心比心。

如果愛情的國度裡真的存在一種深思熟慮的理性，我反而更願意相信那是一種自我克制，恰恰是因為明白一時衝動所帶來的後果是無法承受的，明知自己太感性，所以理性才必須更清醒。正因如此，就算在一個恍神的時間中，我已經站在起跑點上，在感性闖禍之前，我還是選擇了悄悄地走回觀眾席上。如果這段愛情被老天爺定義為一場必須分出勝負的競賽，與其和你做一個計較輸贏的對手，不如做你的隊友，談不上用餘生守候你，但至少在當下仍可以為你賣力地打氣加油。

我一直認為唯有強大的理性與冷靜，才可以戰勝自己內心近乎氾濫的感性。畢竟感性不外乎衝動，當腎上腺素突然急升，即使喜歡你不等於了解你，我也不會太早勸自己放棄想一起天荒地老的想法。

可能人在經歷了風浪之後都寧願退而求其次，如果放棄愛情可以避免心碎，那麼我會學著體面地慢慢放下你。因為就算對你有再多的誠意，我都不能保證這會是一場百分百幸福的愛情，既然快樂已經這麼稀有了，我怎麼敢給你徒增更多煩惱與傷害？幸福的概率太低，不划算也賭不起，既然如此，這種昂貴的代價我寧願在這份愛開始之前，就提早替你省掉，以前累積下來的好感就當賠了，輸少當贏，至少虧損也不算太慘重。

不管是海鳥跟魚，還是刺蝟與氣球，有些愛情不是不被祝福，而是我們其中一個天生注定會遍體鱗傷，然後另外一個後悔莫及。

我們都不是小孩子，人與人之間的身分越多，當中的利害關係變得更為複雜的同時，也變得越重要。

童話故事都只是現實生活的序章，幸福就像天邊的星星一樣，無法為你隨手可得，但是我們的基因中卻被輸入了互相傷害的本能，我不能保證相愛之後兩人還能完好無缺地有說有笑。如果有始有終的意義在於不該半途而廢，那麼不開始，就沒有半途，這段關係也不用因此作廢。

後來海鳥依然會獨自在魚兒的上空盤旋，半夜思念成癮的刺蝟也會把自己蜷縮成一團，畢竟不開始不等於不愛，只是那些始終沒有開始過的愛情，其實連結束都無從下手。

如果你抬頭思念著那個不能愛的人，你會發現海鳥盤旋在高空中的軌

跡，是一個圓形；如果你忍不住低頭痛哭，你也會看見刺蝟擁抱著自己的形狀，也是一個圓形。連他們自己也沒有發現，這種無形的句號其實無處不在，它不斷提醒我們，「結束」這回事，我們早晚要學會。

凌晨 6：18，
原來「不開始」才是對一個人
最好的祝福。

 Eurasian

Words@3am
3am.talk

換你告訴我吧，
相愛相殺與相安無事之間，
哪一個更接近愛情一些？

 Message...

3am.talk
New Plymouth, New Zealand

6:25
Wednesday, 1 December

MESSAGE   now
3am.talk
體面 都是從離別中學會的

♥ **9,213 likes**
#體面 #臉色 #形象

3.
體面，
都是從離別中學會的

分手是讓人覺得惋惜的事情，又或者說，它是一件讓人覺得浪費的事情，就像是還能用的東西，你突然跟我說：「這一切都要扔掉了。」明明一起養的小貓還沒長大、計畫好的風景還沒看夠、日積月累的愛意還沒過期，但現在這些你統統都不想要了。

一聽到對方說分手，以人類亡羊補牢的天性，我想所有人的下意識都是挽留。我們總是不知悔改，非要等到錯過對方才恍然大悟，原來曾經錯過了太多個可以補救的機會。

我們都不傻，在職場上看得懂老闆的臉色，在社交場合看得懂朋友的客套，在家裡其實我們又怎麼會看不懂情人的不滿和委屈？只是每次都以為對方的忍讓是沒有條件的，總覺得大事既然可以化小，那麼一切變成小事的大事，最後化無也是合情合理。

我們不懂每一場爭吵發展到一發不可收拾之前，其實都是對方聲嘶力竭地吶喊，因為不知道從什麼時候開始，曾經真摯誠懇的我們變得怠慢，不願意再花時間傾聽，也不願意再花力氣解釋，我們企圖用日積月累的了解取代必要的付出。

當愛情面臨決裂的時候，我們只在意壓死駱駝的最後那根草，總以為駱駝的忍耐都來自於牠的能耐，卻忘了牠身上早已替我們背負了太多。其實壓死駱駝的那根草其實輕於鴻毛，真正的兇手，是我們一直以來的忽視。

心如死灰的駱駝從不掙扎，它只會用無比冷靜的口吻說：「分手應該體面。」你心裡對我積存了多少怨恨，竟在我最抓狂的時候，平靜地要求我表現一場落落大方的放手。

但是「體面」兩個字，實在太模稜兩可了。

是不是你說分手，我只能說好？離別被我們如此輕描淡寫地帶過，把不捨與遺憾統統藏在回憶裡，這樣彬彬有禮的結束，才是體面的第一步？然後回歸到各自的生活軌道上，偶爾在社交平臺上，停留在對方剛更新的動態上，慢慢適應著彼此之間那越來越遠的距離，即使牽腸掛肚，也要省下那些多餘的浮文套語，才算是體面的第二步？

最後的最後，我們要心無雜念地在人海漂浮，遇見新歡之後，心甘情願地放棄那段褪色的過去，把心裡的首位騰出來，留給此刻在我們身旁的愛人嗎？

你沒說話，駱駝卻點了點頭。

牠說，在未來的某一天，我們總會跟下一個愛人有意見不合的時候，牠

不想賭氣地想起曾經跟舊愛的契合。過去的感情偷偷發了酵，那些不夠美好的回憶都會被刷上一層朦朧美，面對仍在磨合的新歡，習慣性地覺得光憑對我們的了解，舊愛才是那個最值得的人。

人戒不掉的是惰性而不是愛，我們越依賴這隻對自己瞭若指掌的駱駝，那麼對新歡的容忍度越會成反比發展。

原來在你眼中，情人分開後可以當朋友，但其實情人分開後也不應該順理成章成為朋友。所謂的體面就是這樣，乍看之下雖覺無情，後來等事情真的回不去之後，才明白一刀兩斷的必要。

周興哲在歌裡頭這麼唱著：「以後別做朋友，朋友不能牽手。」我仔細想了想，還是打消跟你做朋友的念頭，我不想新歡誤會我在牽著他的同時，心裡最柔軟的地方依然對你耿耿於懷。

這麼一來，雖然分離從來不易，但我相信還是放得下你的。

一個我愛不了又不再愛我的人，就別再對他心存歹念了。你對我的期望，還有最後對體面的渴求，這一次我統統滿足你。

所以分開之後你沒有對我念念不忘、我沒有對你朝思暮想，才是及格的體面。然後我再用最後的刪除和封鎖，送你一場真正的離開。

凌晨 6：25，

分開的禮貌，

是愛與不愛都在此刻開始不再追究。

換你告訴我吧，
如果在臨別之前我願意把體面雙手奉
上，你會不會對我少點失望？
還是這一切都只是徒勞，你連在記憶
裡一點美好的形象都不願留給我嗎？

3am.talk
Seoul, South Korea

6:41
Wednesday, 1 December

MESSAGE   now
3am.talk
捨不得不愛 還是捨不得說再見

♥ **9,213 likes**

#捨不得   #心軟   #再見

4.
捨不得不愛，
還是捨不得說再見

分手之後，有多少人拿著體面當藉口，遲遲不肯離場？

以前總覺得分開之後還可以當朋友，雖然不再近在咫尺，但至少也沒有走遠，既然心裡始終捨不得浪費那些得來不易的了解，那就利用借位的方法，讓那些感情得到另一種延續。

到底是為了彰顯情商，還是為了凸顯自己的從容，讓我們非要跟一個無法繼續相愛的情人做朋友。明明對方去意已決，在離別面前人都會出於本能地掙扎，千方百計地想讓奄奄一息的愛情起死回生，我們也不乏使出偷天換日的伎倆，把友情的名義替代愛情，用藕斷絲連充當曖昧不明，連廢話也可以當作情話，彷彿改頭換面就騙得過命運，以為自己真的那麼了不起，把戀愛重新包裝成友誼萬歲，就代表找到一個可以避免說永別的漏洞。

「愛」總共十三畫，「再見」也是十三畫。喜歡自欺欺人的我們不斷重複告訴自己：還愛就一定會再見，還能再見的人就一定還可以愛。

看來我們寧願餘生苦澀，也不願一刻寂寞。甚至寧願扭曲相愛的意義，

只為留住一個捨不得跟他們說再見的人。事已至此，若你未曾真正地離我而去，我又何須刻意去分清楚什麼是「很愛」，什麼是「缺愛」？但同樣的總筆畫，或許已經是一種明顯不過的提示，跟一個人說再見，還是再次提及愛，所花費的力氣與時間其實都是一樣的。兩者之間唯一的差別，即我們是否能說服自己，過去已經塵埃落定，還是決定重蹈覆轍，哪怕一錯再錯也算盡興。

噢，我們都太擅長把舊人舊事美化成愛情的可能了。

狠不下心割捨的情人終於成了太過了解自己的知己，即使外面沒有狂風暴雨，只要你的大門一天不封鎖，我都會固執地認為自己很需要一個避風港。然而一時的軟弱就像我們互相許下的詛咒，總會在最關鍵的時刻，成為追逐下一段幸福的過程中，最致命那顆絆腳石。

不知道是誰想到把「前任」這顆絆腳石磨成一顆看似純潔無瑕的珠子，後來它被重新包裝後，變成俄羅斯輪盤上的滾珠，左右著所有人的命運，我們總奢望靠它一次回本，但通常最後都只會讓我們輸得一敗塗地。

那些總在深夜中迷失在悲情歌裡的人，都曾經輕率地認為失去了愛人便等於一無所有，然後本著未必會輸的心態，心裡惦記著從前。後來不僅輸掉了現在，還賠了更多未來。難道「得不到」永遠在騷動，執迷不悟的我們把前任供奉成一種信仰，虔誠地相信遺憾便是愛情最強烈的訊號，即使不夠完美依然可以撐起一段美滿的人生？

在這些人眼中，及時止損彷彿是一件不夠大方得體的事情，因為這意味著太早談情說愛又不夠灑脫的我們，無力挽回但要懂得放手，這次分別之後，真的不可以再擁有了。對於這些深情到極致的人來說，明知不應該，但似乎唯有透過無止境地付出與投入，方能稱得上是一個及格的舊愛。我們固執地把支離破碎的愛情重新組裝，但是碎片越細碎，感情便會被更多的補丁稀釋，接著兩人都變得面目全非，最後在這段感情裡什麼都有，卻也什麼都沒有了。

那些爭吵是真的，當時沒有罷休的我們，真的不是每分每秒都是相愛的。那些怨恨也不是假的，不敢另覓出路的我們，在這段難分難捨的愛情中，真的渴望找到一切悲傷的盡頭。但是快樂與悲傷就像一對雙胞胎，傷痛離我遠去的同時，我也無比掛念那些迴盪在屋子裡的嬉笑。

原來想你的時候心臟會說謊，微微一笑然後跟我說它不疼了。為了你，這種天方夜譚般的謊言我竟然心甘情願地相信了。

看著你在我的世界裡來回踱步，便以為分開不過是大家給彼此的緩衝期，嘴硬心軟的你說不定也跟我一樣捨不得離開。但支支吾吾的你其實早已不想再跟我再有任何牽絆，直到後來連情分也耗盡，我滿心歡喜地赴約，你一開口卻嘆了口氣，搖著頭跟我說：「不如算了吧！」那種天真的伎倆還是被你一眼看穿，比起過往的種種，你更想擺脫回憶的束縛，我在你的世界裡，連「朋友」這個最後的生存空間，你也決定要回收了。

原來我勉強說出的祝你幸福，其實也曾在暗地裡奢望著，能給你幸福的，除了我以外，天下間再無他人。

凌晨 6：41，
不要因為不捨，
就把珍而重之的情人回收成藕斷絲連的朋友。

Words@3am
3am.talk

換你告訴我吧，
是什麼讓我們產生錯覺，以為
不及格的愛人依然可以做一個
滿分的友人？

 Message...

3am.talk
Vatican, Vatican

6:59
Wednesday, 1 December

MESSAGE   now

3am.talk
終至

9,213 likes
#征服　#命運　#未來

5.
終至

「Arriverà la fine.」（結束終會來臨。）

清晨緩緩醒來的那一刻總是令人心曠神怡，在人生的煩惱與責任被我回想起來之前，我總能感到一絲平靜。今早在我感受這平靜的時刻，忽有一陣寒風吹過，令我精神一震。夏日的熱情在一晚之間匆匆離去，而秋意的來訪著實令人措手不及。抬眼看去，那昨天還在窗臺上盛開的百合，彷若在剎那間凋謝，而窗外樹上的黃葉，也顯得搖搖欲墜。

季節的變化總是難以預測，也總需要時間適應。

當我從這突如其來的寒意中回過神來時，便看到了這空無一人的家，也記起了你已經離我而去。

花兒會開，也自然會謝。既然有了起點，就必然會有終點，這自然的規律，任何人、物或者事都無法逃避。在我的人生中，每一段情感故事都如一部電影，既有開始也將有結束。

一路走來，在我想要放棄的時候，你總是奮不顧身地挽留，而最終當我決定留下，你卻選擇了離開。或許命運便是如此，花開花謝不曾同時。

即便知道這些，也有所預期，季節的變化還是無可避免，無論我跟你是誰先決定要離座，其實都需要時間去適應。

在我沒有預料到的日子，一日入秋。

在我沒有預料到的時刻，終焉已至。

「Ma non sarà la fine.」（但結束不是終點。）

當一個孤獨的人回歸到孤獨的生活，一切的疑問與悲傷只會也只能存在於腦中，猶如一部電影的一幕幕場景，不停地播放。關於你的離開，在反覆播放之下，我不難找到各種之前不曾發現過的理由，而這些理由，最終或多或少也都源於我曾經自以為可以掌握未來。面對別人的想法，我總是太喜歡把這些當做命運的挑戰。

而在這一次次的結局面前，無論我是反擊或是順從，命運的劇本都不曾對我正眼相看。我堅持自己遵行的規則，也清楚明白劇本中的結局並不一定會因此而改變。

命運征服了我，或許，我也征服了命運。

這個世界的腳步，不會因為季節的變化而停止。花謝的終點，也會成為下一季花開的起始。當我們把劇本從一段感情，延伸到整個人生，會發現有時候一段感情也只是這部電影中的一個橋段。無論感情的波瀾，人

生總會按著它一貫的步伐繼續往前，因為我所背負的其他種種，從來都不會因為感情的輪迴而停止運轉。

終焉已至，而終焉未至。

一個橋段的落幕，並非是整部電影的謝幕。

「Perché sarà migliore e io sarò migliore.」（一切都會越來越好的。）

既然終焉未至，那麼在短暫的休整之後，總會回到我們的舞臺，繼續日覆一日地等候著。在這世界之中，有些規則與輪迴是再努力都無法改變的，曾經用力過猛的我也只能承認命運征服了我。

然而面對這些既定的規律，在一次次輪迴的過程中，總可以選擇自己的道路。

窗臺上的百合可以在花開與花謝的輪迴之中慢慢的成長，同理，我們也可以選擇在一次次的情感輪迴中成長。哪怕我們刻意遺忘，過去的經歷不會真正從靈魂中消失。那些過往猶如樹木的年輪一般，會成為自己的一部分，無可分割。對我而言，成長的道路就是將這些經歷變成前進與改變的動力。

在改變的路上，我總期待著明天會在一瞬間到來，而最終一無所成。無可避免的，改變需要時間與努力。當我耐心付出這些，未來總會到來。

因為一切會變得更好。宛若一部美麗的電影，它的餘韻總令人讚嘆。

凌晨 6：59，
結束並不是一切的終點，
或許沒有這些結束，
我們都不會得到更好的開始。

Words@3am
3am.talk

換你告訴我吧，
究竟這場結束是為了下一次的開始，
還是所有的開始都只是為了再一次的
結束？

這次，

別再讓相愛變成傷害。

Eurasian Publishing Group
圓神出版事業機構
用心 與你對話 · 絕好 無限寬闊

●||圓神出版社
Eurasian Press

www.booklife.com.tw

reader@mail.eurasian.com.tw

圓神文叢 296

是我未經允許就喜歡了你

作　　者／3am.talk
影像提供／Max Gong Photography
發 行 人／簡志忠
出 版 者／圓神出版社有限公司
地　　址／臺北市南京東路四段50號6樓之1
電　　話／（02）2579-6600 · 2579-8800 · 2570-3939
傳　　真／（02）2579-0338 · 2577-3220 · 2570-3636
總 編 輯／陳秋月
主　　編／賴真真
專案企畫／沈蕙婷
責任編輯／歐玟秀
校　　對／歐玟秀 · 林振宏
美術編輯／金益健
行銷企畫／陳禹伶 · 林雅雯
印務統籌／劉鳳剛 · 高榮祥
監　　印／高榮祥
排　　版／莊寶鈴
經 銷 商／叩應股份有限公司
郵撥帳號／18707239
法律顧問／圓神出版事業機構法律顧問　蕭雄淋律師
印　　刷／國碩印前科技股份有限公司
2021年4月　初版
2021年4月　2刷

定價 350 元　　　　ISBN 978-986-133-757-9

◆ **很喜歡這本書，很想要分享**
圓神書活網線上提供團購優惠，
或洽讀者服務部 02-2579-6600。

◆ **美好生活的提案家，期待為您服務**
圓神書活網 www.Booklife.com.tw
非會員歡迎體驗優惠，會員獨享累計福利！

國家圖書館出版品預行編目資料

是我未經允許就喜歡了你 / 3am.talk 著. -- 初版. -- 臺北市：
圓神出版社有限公司，2021.04
　　　208 面；14.8×20.8公分 --（圓神文叢；296）

　　　ISBN 978-986-133-757-9（平裝）

855　　　　　　　　　　　　　　　　　　　　　　110001091